Am Ende kam alles ganz anders

Wolfgang Göltl

Am Ende kam alles ganz anders

Bayerische Bauerngeschichten

Bibliografische Information der Deutschen Nationalbibliothek:
Die Deutsche Nationalbibliothek verzeichnet diese Publikation in der Deutschen Nationalbibliografie; detaillierte bibliografische Daten sind im Internet über http://dnb.d-nb.de abrufbar.

Impressum
© 2021 Wolfgang Göltl
Umschlagfoto: © iStock

Herstellung und Verlag:
BoD – Books on Demand, Norderstedt
ISBN 9783753459998

Inhaltsverzeichnis

Ein Wort zuvor

Die Geschichten führen zurück in eine Zeit, als Bayern noch ein Bauernland war. Und es war eine Zeit, in der es noch kaum landwirtschaftliche Maschinen gab, die eine Erleichterung gewesen wären für die schwere Arbeit auf Feld, Acker, Hof und im Wald. Es waren Pferde, Ochsen, bei den kleineren Bauern mitunter auch Kühe, mit deren Hilfe die meiste Arbeit verrichtet wurde. Betrachten wir heute alte Bilder davon, dann mag uns das vielleicht romantisch erscheinen, aber den Schweiß dahinter sehen wir nicht.

Es ist noch nicht allzu lange her, als viele, sehr viele Menschen noch als Knechte oder Mägde bei den Bauern in der Landwirtschaft bei harter Arbeit ihr Brot verdienten. Nicht wenige von uns würden ihre Vorfahren dort wiederfinden, wenn wir danach forschten. Stolz waren sie, die Bauern, denn die großen unter ihnen herrschten oft nicht nur über eine sehr große Anzahl von Bediensteten, mit deren Hilfe sie weitgehend für die Ernährung der Bevölkerung sorgten, sondern sie genossen neben dem Pfarrer und dem Lehrer auch hohes Ansehen in ihrem Dorf.

Die Arbeit auf einem Hof war sehr entbehrungsreich und hart. Man hatte zwar eine kostenfreie Unterkunft und zu Essen, aber Geld als Arbeitslohn gab es erst an Lichtmess, wo man für gewöhnlich auch die Arbeitsstelle wechseln konnte und mit etwas Glück vielleicht auch einen besseren Bauern fand.

Die folgenden Geschichten handeln von der Zeit unmittelbar nach dem Ende des Krieges von 1870/71 und weiter über den ersten Weltkrieg hinweg bis zur Nachkriegszeit des zweiten Weltkrieges, von jenen Zeiten also, die geprägt waren von allgemeiner Not und Armut.

Die Geschichten erzählen von tragischen und oft traurigen
Begebenheiten, wie sie in der bäuerlichen Welt spielten, in
der gar manche Tränen des Leides und Schmerzes, der Ohnmacht und Wut, aber auch des Glücks die Wege benetzten, die
durch die Geschehnisse führten. Und es waren jeweils Herz
und Gemüt, die tapfer gegen Kopf und Verstand ankämpften.

Der Verfasser wünscht
viel Freude beim Lesen

Ein Nikolaus für den Bergstallbauern

Es ist Mitte November und im Wirtshaus zum Roten Ochsen wird, wie jedes Jahr um diese Zeit, darüber diskutiert, wer als Nikolaus die Kinder im Dorf bescheren soll. Dazu hat sich der Gemeinderat, der vorwiegend aus Großbauern besteht, am Stammtisch eingefunden. Auch der Metzgermeister Huber sitzt mit am Tisch, weil sein Geselle mit seiner hünenhaften Gestalt die Rolle des Nikolaus übernehmen soll.

Eigentlich würde sich die Frage darüber gar nicht stellen, denn der Metzgergeselle Beilhammer spielt den Nikolaus schon seit vielen Jahren und drängt sich regelrecht dazu auf. Aber einigen wenigen im Dorf gefällt das gar nicht. Dazu gehören der Pfarrer und der Lehrer. Diese sitzen an einem der Nebentische und hören der Unterhaltung zu.
Bei ihnen sitzt auch Matthias Kornbauer, der in der nahen Kreisstadt zusammen mit seiner Frau eine kleine Anwaltskanzlei betreibt. Kornbauer liebt das Landleben sehr und stammt selber aus einem Bauernhof. In seinem benachbarten Geburtsort ist er der Leiter des Kirchenchores und spielt die Orgel. Oft hilft er den dortigen Bauern auch beim schriftlichen Umgang mit Ämtern und Behörden. Seine große Leidenschaft aber ist der Männerchor in der Kreisstadt, wo er mit seiner wunderschönen Bassstimme als unverzichtbar gilt.

Wer sich ganz besonders hervortut am Stammtisch, ist der reiche Bergstallbauer. Der tönt nämlich für alle deutlich vernehmbar: „Der Beilhammer ist genau der richtige Nikolaus für meine Bankerten daheim – und für andere auch!"

Während er das sagt, schielt er hinüber zu dem Tisch, an dem seiner Meinung nach diejenigen Revoluzzer sitzen, denen der Beilhammer nicht passt.

Die drei stecken daraufhin tatsächlich ihre Köpfe zusammen, um sich zu beratschlagen: „Wie kann denn dieser Mensch seine Kinder als Bankerte bezeichnen“, ereifert sich Matthias Kornbauer, „ich kenne keine braveren und netteren Kinder, als die vom Bergstallerhof!“

Dann äußert sich der Pfarrer: „Die zwei älteren der Buben dienen bei mir als Ministranten, aber noch nie haben sie ein schlechtes Wort über ihren Vater geäußert, wobei ich weiß, wie überaus streng und ungerecht er gegenüber seinen Kindern handelt. Und weil sie mir oft einen gar so traurigen Eindruck vermitteln, habe ich sie daraufhin natürlich auch schon angesprochen, aber schweigend erdulden sie ihr Los. Ich habe nie gehört, dass sie ihren Vater nicht liebten oder böse seien auf ihn“, entfährt es dem Pfarrer ungewohnt aufgebracht. Dann zieht er sein Taschentuch hervor und schnäuzt sich.

Nach einer kleinen Pause meldet sich der Lehrer zu Wort: „Ich bin jetzt bald dreißig Jahre lang Lehrer, aber so anständige Kinder wie die vom Kornstaller habe ich noch in keiner Klasse gehabt. Wenn alle so wären, könnte man Mäuse laufen hören. Daneben arbeiten sie fleißig mit, und zu Hause, so weiß ich von der Bäuerin, helfen sie sich gegenseitig beim Lernen!“

„Man müsste“, schlägt Matthias Kornbauer vor, „für diese bedauernswerten Kinder einen anderen Nikolaus organisieren. Dieses Monster von einem Metzgergesellen kann man doch keinem Kind zumuten!“

In der Tat sieht der Beilhammer selbst ohne seine Verkleidung als Nikolaus für Kinder zum Fürchten aus. Und in seiner

Maskerade könnte man ihn vielleicht als Krampus bezeichnen, aber niemals als Nikolaus, der doch in der christlichen Welt als ein gütiger Heiliger gilt. Es ist auch alles andere als ein Kleid, mit dem sich der Beilhammer umhüllt, sondern eine Art von Mantel, der aus verfilzten Felllappen verschiedener Tierarten zusammengeflickt zu sein scheint und ihm in allen Grautönen bis zum Boden reicht. Auf seinem riesigen Schädel trägt er eine speckige Fellmütze und sein Gesicht tarnt er mit einem zotteligen schwarzen Bart, wo doch ein Nikolaus einen weißen Bart trägt. Dazu schleppt er eine schwere Kette mit sich herum und natürlich auch eine Rute, aber eine recht knorrige, mit der er immer reichlich auf die Kinder eindrischt. In dieser Aufmachung ist er der reinste Kinderschreck. Aber vielen Leuten im Dorf scheint das zu gefallen und sie finden es spaßig, kleine und große Kinder auf diese Art und Weise zu erschrecken und zu züchtigen. Es gibt sogar Eltern, die haben sich ein Foto von diesem Ungeheuer anfertigen lassen, das sie ihren Kindern das Jahr über vor die Augen führen, wenn sie unfolgsam sind. Unbedingt zu erwähnen ist noch, dass dieser Metzgergeselle eine Stimme hat, die gar nicht recht passen mag zu diesem Koloss. Man könnte sie beinahe als Fistelstimme bezeichnen.

Die drei am Nebentisch besprechen sich ziemlich leise und machen sich weiterhin Gedanken über die Möglichkeit, wie man zu einem anderen Nikolaus kommen könnte.

„Wenigstens für die Bergstall-Bauernkinder sollte man halt einen haben", meinten sie einhellig. Besonders dem Matthias tun die Kinder richtig leid, denn er selber fühlt sich immer selig und glücklich, wenn er Menschen helfen kann, die einer Hilfe bedürfen.

„Der Bergstaller“, so meint er dann auch, „ist vielleicht deshalb so grausam zu seinen Kindern, weil er womöglich selber schlechte Erfahrungen aus seiner Kindheit mit sich herumschleppt. Wie auch immer, er gönnt ihnen nichts, weil er krankhaft geizig ist, obwohl er der reichste Bauer im Dorf ist. Man müsste ihm das einmal richtig hinreiben, dann wird er vielleicht einsichtig werden!“

Plötzlich wenden sich der Pfarrer und der Lehrer gleichzeitig an ihn und beide sagen wie aus einem Mund: „Sie! Ja Sie!“

Und dann sprudelt es aufgeregt aus dem Mund des Pfarrers: „Lieber Herr Kornbauer, überlegen Sie, nur Sie allein kämen dafür in Frage, denn mich und den Herrn Lehrer würden die Kinder doch sofort erkennen!“

„Und außerdem“, ergänzt der Lehrer, „kennt Sie auch der Bergstallbauer nicht persönlich.“

Aber Matthias Kornbauer lächelt nur und meint: „Liebend gerne würde ich das machen, aber ich weiß leider nicht, wie ich zu einem vernünftigen Nikolausgewand kommen könnte.“

„Das kann ich übernehmen“, sagt der Pfarrer sofort. „Ich habe im bischöflichen Ordinariat einen guten Freund aus meiner Studienzeit, mit dem ich fast täglich in Kontakt stehe. Ich bin mir ganz sicher, dass ich von ihm eine komplette Nikolausausstattung bekommen werde, wie sie eine solche das Dorf noch nicht gesehen hat.“

„Gut“, sagt Matthias freudig, „wenn Sie das zu Wege bringen, bin ich dabei.“

Mit dieser hoffnungsfrohen Aussicht trennen sich die drei für heute und wollen sich in den nächsten Tagen noch vermehrt treffen, um alles Notwendige zu besprechen.

Ein paar Tage später schon kommt der Freund des Pfarrers mit dem bischöflichen Dienstwagen am Pfarrhof vorgefahren mit einer kompletten Ausstattung für einen Nikolaus. Sofort schickt der Pfarrer nach Matthias Kornbauer, der auch schnell zur Stelle ist, um sofort alles anzuprobieren. Der Freund des Pfarrers ist außerordentlich angetan davon, wie gut der großgewachsene Kornbauer in der Aufmachung aussieht. Und als er dessen Stimme vernimmt, ist er vollkommen hingerissen und sagt: „Ja, so stelle ich mir einen Nikolaus vor; einen mit einer derart großartigen Stimme könnten wir uns auch gut bei uns in der Stadt vorstellen. Sagen Sie, Herr Kornbauer, könnte sich das vielleicht machen lassen mit Ihnen?“

Ein größeres Lob konnte dem Matthias gar nicht widerfahren und am liebsten hätte er sofort zugesagt, aber am sechsten Dezember soll ja der große Tag für die Bergstallkinder sein. Doch der Kirchenmann ahnt, was Kornbauer sagen wollte und kommt ihm zuvor: „Natürlich nicht am sechsten, Herr Kornbauer, denn da haben Sie ja hier zu tun. Wir haben für den Nikolaus in der Stadt auch noch viele andere Termine.“

Da schlägt Matthias in die Hand des Monsignore ein. Damit hat er eine weitere Tätigkeit gefunden, die seinem Naturell entspricht und ihm Freude im Herzen bereiten würde.

Einen Tag vor dem Nikolaustag spricht die Bäuerin vom Bergstallhof den Metzgergesellen Beilhammer an: „Gell Schorsch, du machst doch heuer wieder den Nikolaus; da schau her, da sind die Geschenke für meine Kinder“, und sie überreicht ihm ein kleines Säckchen, „und gell, sei so gut und tu meine Kinder nicht so arg hauen, auch dann nicht, wenn der Bauer das will, hör nicht auf den Bauern!“

„Aber Bergstallerin", sagt der Beilhammer etwas unsicher zu ihr, „ich komm doch heuer gar nicht zu euch. Der Herr Pfarrer hat mir ausdrücklich gesagt, dass ich heuer nicht zu euch gehen soll, aber warum, weiß ich nicht. Weiß denn der Bauer nichts davon?"

„Jetzt kenn ich mich aber gar nicht mehr aus. Der Bauer hat mich extra zu dir geschickt und gesagt, du machst das heuer wieder", sagt die Bäuerin verwirrt.

„Weißt' was, Bergstallerin, jetzt gehst du zum Herrn Pfarrer, der weiß mehr als wir zwei zusammen, und dem gibst du dann gleich die Geschenke für deine Kinder."

„Ja wer kommt denn dann als Nikolaus zu uns, etwa der Herr Pfarrer persönlich?", fragt die Bäuerin, „wir brauchen doch einen Nikolaus!"

„Ich weiß es nicht, wer zu euch kommt, ich weiß nur, dass ich auf den Pfarrer hören muss", sagt der Beilhammer und zuckt zum Abschied hilflos mit seinen breiten Schultern.

Mit einem unguten Gefühl und einem bedrückten Herzen macht sich die Bäuerin auf den Weg zum Pfarrer und sie schämt sich jetzt schon, wenn sie ihm die Geschenke für die Kinder geben wird. Am liebsten würde sie ihm diese ganz vorenthalten, aber sie weiß ja nicht, was werden wird.

„Grüß Gott Herr Pfarrer, der Beilhammer schickt mich her zu Ihnen und er meint, das hier soll ich Ihnen geben", und die Bäuerin überreicht ihm, auffallend rot werdend im Gesicht, das kleine Säckchen für die Kinder.

Der Pfarrer öffnet das Säckchen, betrachtet die Geschenke und murmelt erschüttert vor sich hin: „O mein Gott, für jedes Kind ein Apfel, zwei Walnüsse und je ein einziges Rippchen

Schokolade, herausgebrochen aus einer ganzen Tafel." Und noch einmal sagt er: „O mein Gott!"

Dann schaut er in das tief beschämte Gesicht der Bäuerin und sagt zu ihr: „Ich weiß, Bergstallerin, du bist eine gute Frau, du kannst nichts dafür und bist macht- und schuldlos."

Sie aber sagt zögernd: „Der Beilhammer meint, dass er heuer nicht zu uns kommt als Nikolaus, aber der Bauer braucht doch einen und er hat mir aufgetragen, ich soll dem Beilhammer Bescheid geben."

In seinen Bart brummend und für die Bäuerin kaum verständlich sagt der Pfarrer: „Ja, der Bauer braucht in der Tat einen", und laut fährt er fort, „und deine Kinder brauchen auch einen, aber einen wirklichen Nikolaus, und es wird einer kommen zu euch, das kann ich dir versprechen!"

Unsicher geworden fragt die Bäuerin: „Dann kommt also doch der Beilhammer wieder zu uns?"

„Nein, meine liebe Bergstallerin, der kommt nicht, aber lass deinen Bauern bei diesem Glauben und sag ja nichts anderes zu ihm, wenn er dich danach fragen sollte, hast du mich recht verstanden?"

„Er soll also meinen, dass der Beilhammer kommt?", sagt sie.

„Genauso ist es! Wenn du dir selber und vor allem deinen Kindern einen großen Gefallen tun willst, dann behalte unser Gespräch ganz für dich, willst du mir das versprechen?"

„Ich liebe meine Kinder und ich verspreche Ihnen ganz fest, Herr Pfarrer, kein Wort darüber zu verlieren!"

Einerseits erleichtert aber mit etwas Angst und Unsicherheit verabschiedet sie sich vom Pfarrer.

Kurz darauf lädt der Pfarrer den Lehrer und den Matthias zu sich in den Pfarrhof ein, wo er ihnen vom Besuch der Bäuerin vom Bergstallhof berichtet. Als er seinen Gästen die Geschenke für die Kinder zeigt, sind sie sprachlos.

Der Lehrer fängt sich als erster und sagt erzürnt: „Die Äpfel sind von seinen eigenen Bäumen und ein Nussbaum befindet sich auch in seinem Obstgarten. Ich kann diesen Vater nicht verstehen. Seinen Kindern gibt er in die Schule auch nie etwas anderes mit, als für jedes immer nur einen Apfel."

„Jedenfalls", so sagt Matthias Kornbauer zu seinen beiden Mitstreitern, „werde ich heute noch in die Stadt fahren und für die Kinder vernünftige Geschenke besorgen!"

„Ich werde mich natürlich an den Kosten beteiligen", sagt der Pfarrer, und der Lehrer bietet sich ebenfalls an.

„Das lassen Sie nur meine Sorge sein, ich werde zusammen mit meiner Frau etwas passendes für die Kinder aussuchen", winkt Matthias dankend ab. „Aber ich würde Sie gerne um etwas anderes bitten. Gibt es vielleicht ein Adventslied, das die Kinder auswendig singen könnten oder ein entsprechendes Gedicht, das eines der Kinder vortragen könnte?"

Eine ganze Auswahl an Liedern und Gedichten, die die Kinder in der Schule gelernt haben, stellt ihm der Lehrer vor und Matthias notiert sich einiges davon. Dann möchte er gerne noch wissen, was diese armen Kinder an Spielsachen hätten, worauf der Lehrer grimmig sagt: „Ich weiß, dass die beiden Mädchen gemeinsam nur eine einzige kleine Puppe haben, die von der Bäuerin aus Stoffresten zusammengeflickt und mit Stroh ausgefüllt ist, und die drei Buben spielen immer mit einem Ball, der kaum größer ist als ein Handball. Auch diesen hat die Bäuerin aus Stoff hergestellt und einfach prall mit Stroh vollgestopft."

Das reichte dem Matthias und er schüttelt nur noch den Kopf.

16

Dann endlich ist es so weit. In der Wohnstube grantelt der Bauer und grollt: „Wo bleibt denn heute der Nikolaus? Der ist doch sonst immer pünktlich gewesen! Du hast doch erledigt, was ich dir angeschafft habe, oder?", sagt er zur Bäuerin und schaut sie scharf an. Aber sie sagt kein Wort, sondern hofft ängstlich darauf, dass alles gut gehen möge.

Die fünf Kinder im Alter von fünf bis zwölf Jahren schauen bei den Worten ihres Vaters angstvoll zur Türe hin und rücken näher zusammen.

Dann hören sie draußen an der Haustüre, wie es laut poltert und klopft. Der Bauer springt sofort auf und sagt gereizt: „Na endlich!"

Er geht über den Flur zur Haustüre, öffnet sie und will gerade zu einer deftigen Rede ausholen, da fährt er entsetzt zurück und das Wort bleibt ihm im Halse stecken. Mit offenem Mund starrt er auf den fremden Nikolaus. Dieser aber sagt sogleich zu ihm mit einer tiefen und dröhnenden Stimme, bei der der Bauer gehörig zusammenzuckt: „Bergstaller, geh voraus und führe mich zu deinen Kindern!"

Mit schwammigen Knien, die ihn fast nicht mehr zu tragen vermochten, bewegt sich der Bauer vorwärts.

Der Nikolaus muss sich gehörig bücken, als er den Flur betritt. Ebenso auch, als er durch die Türe die geräumige Wohnstube betritt. Dort drinnen richtet er sich auf, wo er mit seiner Mitra fast an die Decke stößt, obwohl die Stube recht hoch ist.

Die Kinder bekommen große Augen, denn solch einen Nikolaus haben sie bisher immer nur auf Bildern gesehen. Und jetzt steht ein leibhaftiger vor ihnen. Vor lauter Staunen vergessen sie sogar zu weinen, was sie beim Beilhammer immer reichlich taten. Aber Angst haben sie trotzdem, obwohl sie keine Kette und auch keine Rute sehen. Stattdessen sehen sie einen großen Sack, den der Nikolaus jetzt abstellt und der voll zu sein scheint. Und der zwölfjährige Stephan schnauft erleichtert auf, denn da ist kein Platz für einen von ihnen. Der frühere Nikolaus dagegen hat nur einen leeren Sack dabei gehabt, in den er immer eines der Kinder hineinsteckte, es mitnahm und dann irgendwo in der finsteren Nacht aussetzte.

Im Bauern indessen arbeitet es fieberhaft. Er kann sich keinen Reim machen auf das, was ihm und seiner Familie widerfährt. Und er rätselt, wer der Nikolaus sein könnte. Hinter seinem Rücken aber faltet die Bäuerin in zaghafter Freude ihre Hände zusammen und hebt sie himmelwärts.

„Vielleicht doch der Beilhammer? Der Größe nach könnte er es sein. Aber die Stimme, diese Stimme! Was hat doch dieser Nikolaus nur für eine Stimme? Die hab ich noch nie gehört", sinniert der Bauer verstört. „Das muss ein Fremder sein, der kann nicht von hier sein, denn ich kenne ihn nicht."
Der Nikolaus reißt ihn aus seinen Überlegungen heraus und plötzlich ist seine Stimme eine andere, sie ist nicht mehr dröhnend, sondern klingt jetzt sehr sanft, als er sich an die Kinder wendet.
„Habt keine Angst, meine lieben Kinder, denn ich bin nicht gekommen, um euch zu bestrafen, sondern um euch zu beschenken, weil nur Gutes und Liebes über euch in diesem Buch geschrieben steht", wobei er den goldfarbenen Deckel eines großen Buches aufschlägt und dann mit wohltönender Stimme daraus vorliest.

„Der Stephan, so steht geschrieben, hat dem alten Wittmann Alois, den die Gicht plagt, im Herbst seinen ganzen Garten umgegraben, und der Michael hat das Fahrrad von der alten Frau Steiger geflickt und hat ihr bei der Obsternte in ihrem Garten geholfen. Und die Marianne und der Lukas haben dem Kleinhäusler Gschwendtner, dem kürzlich seine liebe Frau

weggestorben ist, bei der Kartoffelernte geholfen. Und wenn die kleine Marlies, die nächstes Jahr in die Schule kommt, erst einmal größer sein wird, dann wird gewiss auch sie anderen Menschen helfen können, wenn es nötig ist. Meine lieben Kinder, weiter steht geschrieben, dass ihr allesamt immer sehr brav seid daheim bei euren Eltern und dass ihr recht fleißig seid in der Schule und ihr euch gegenseitig daheim beim Lernen helft.“

Der Bauer und auch die Bäuerin rätseln, woher oder von wem der Nikolaus das alles weiß. Aber der Nikolaus lässt ihnen keine Zeit für Überlegungen, denn kaum hatte er das Buch zugeklappt, fährt er sogleich weiter: „Und jetzt, meine lieben

Kinder, bevor ich euch beschenke, tät ich gerne ein schönes Lied zum Advent von euch hören.“

Die Kinder einigen sich schnell auf die Weise „Es wird scho glei dumpa“, die sie in ihrem bayerischen Dialekt vortragen, und der Nikolaus zeigt sich sehr zufrieden damit.

Der zwölfjährige Stephan, der sich gelegentlich schon mal mit seinem Vater anlegt, aber nie wegen seiner selbst, sondern nur, um sich für seine kleineren Geschwister einzusetzen und dafür vom seinem Vater schon Prügel einstecken musste, fasst jetzt all seinen Mut zusammen und fragt den Nikolaus, ob er ein kurzes Zwischenlied aus Ludwig Thomas „Heilige Nacht“ vortragen dürfe.

Der Nikolaus zeigt sich hocherfreut und völlig überrascht und sagt: „Ludwig Thoma? Das wäre ja wunderfein, Stephan, lies vor, ich bin sehr gespannt, was du daraus aussuchst.“

Der Stephan aber kennt die Verse, die er vortragen möchte, auswendig. Sie handeln von den reichen und geizigen Leuten, die immer mehr zusammenscharren und am Ende doch nichts mitnehmen können aus dieser in die andere Welt.

Wie zugeschnitten scheinen diese Verse auf den hartherzigen und geizigen Bauern, und der Nikolaus versteckt sein Schmunzeln hinter dem dichten Bart und lobt den Stephan insgeheim wegen seines Mutes, aber er denkt auch: „hoffentlich wird ihm daraus nicht ein herber Rückschlag werden“, denn der Bauer hat nicht gerade fröhlich dreingeschaut bei diesem gelungenen Vortrag. Jetzt will der Nikolaus die Kinder nicht mehr länger auf die Folter spannen, sondern greift in den großen Sack und holt daraus einen kleineren Sack hervor, dessen Inhalt er auf den großen Tisch schüttet. Die Augen der Kinder werden noch größer, als sie das bisher schon waren.

„So Stephan, jetzt darfst du alles unter euch verteilen", sagt der Nikolaus. Und der Stephan sieht sofort, dass alle diese Köstlichkeiten auf dem Tisch in fünffacher Anzahl vor ihm liegen und so teilt er alles gerecht unter sich und seinen Geschwistern auf.

„Seltsam", denkt Matthias, „jetzt stehen sie mit leuchtenden Augen davor und keines von ihnen fasst etwas an. Wie brav und wie zurückhaltend diese Kinder doch sind."

Unterdessen wirft der Bergstallbauer seiner Bäuerin fragende und scharfe Blicke zu, aber sie zuckt nur mit den Schultern. „Also", so deutet der Bauer das Schulterzucken, „von ihr sind die Geschenke nicht. Und der Nikolaus wird doch von sich aus nicht so viel Geld ausgegeben haben. Oder sind das vielleicht Spenden von Dorfbewohnern?" Bei dieser Vorstellung ist ihm gar nicht recht wohl zumute. Wiederum lässt ihm der Nikolaus nicht viel Zeit zum Grübeln, sondern fordert die Kinder zu einem „Vaterunser" auf. Die Mutter stellt sich sofort neben ihre Kinder hin und betet mit. Der Bauer weiß nicht, wie ihm geschieht, aber nach ein paar Sekunden stimmt auch er ein in das Gebet. Dann greift der Nikolaus noch einmal in den Sack hinein und zum Vorschein bringt er einen großen bunten Ball für die Mädchen und für ein jedes noch eine schöne Puppe und dazu eine Reihe von Kleidchen zum Wechseln. Und noch einmal greift er hinein und hält einen richtigen Fußball aus Leder in der Hand. „Der ist für euch drei Buben", sagt der Nikolaus und reicht ihn dem Stephan. Die Kinder wissen gar nicht recht, wie ihnen geschieht und sie bedanken sich alle sehr artig, und jetzt ist doch die eine oder andere Träne zu sehen bei ihnen. „Aber warum weinen sie denn, wo ihnen doch große Freude geschieht?", geht es Matthias durch den

Kopf. „Weinen sie aus Freude, sind es Tränen der Erlösung...?“ Matthias hat solches bei Kindern noch nie erlebt.

Auch die Mutter wischt sich jetzt Tränen aus ihrem Gesicht und blickt dankbar zum Nikolaus hin.

„Was müssen bloß diese Kinder und auch ihre Mutter unter diesem hartherzigen Vater leiden“, denkt Matthias, und jetzt muss auch er schlucken und Tränen unterdrücken, aber solche des Zorns. Dann verabschiedet sich der Nikolaus von den Kindern und deren Mutter mit aufmunternden Worten. Zum Bauern aber sagt er nur barsch und bündig: „Begleite mich hinaus!“

Draußen vor der Haustür nimmt er den Bauern ins Gebet, indem er ihm in wohlgesetzten Worten sagt: „Bergstaller, du führst ein sehr hartes Regiment, so wie du umspringst mit den Deinigen. Wenn du nicht willst, dass dir eines Tages deine Kinder davonlaufen, und zwar gerade dann, wenn du im Alter auf sie angewiesen bist, dann schenk ihnen Liebe, verstehst du, schenk ihnen Liebe, sie kostet nichts, obwohl sie das Wertvollste ist, das es gibt in der Welt! Dann werden deine Kinder immer da sein für dich, und du wirst nicht alleine dasitzen und nachdenken müssen, was du falsch gemacht hast! Noch ist es nicht zu spät! Weißt du überhaupt, dass man deine Kinder nicht mit Gold aufwiegen kann und dass sich jeder normale Mensch glücklich schätzen würde, wenn er solch brave, fleißige und anständige Kinder hätte wie du sie hast? Du kannst dich sehr glücklich schätzen und stolz sein auf sie, aber ich sage dir, achte darauf, dass dir dieses Glück erhalten bleibt! Und jetzt – adieu, mein lieber Bergstaller!“

Schnell und ohne ein Wort vom Bauern abzuwarten, verschwindet der Nikolaus im Dunkel der Nacht und Matthias macht sich mit der festen Gewissheit auf den Heimweg, heute Abend einem hartherzigen Menschen den Schlüssel für die schwere Tür zu seinem eigenen Gefängnis ins Herz gelegt zu haben. Ein Wort nur war es – Liebe! Der Bauer unterdessen – er muss sich niedersetzen, und er setzt sich auf die kalte steinerne Bank vor seinem Haus. Ihn fröstelt, aber nicht der Kälte wegen, die an diesem Dezemberabend herrscht; ihn fröstelt der vernommenen Worte wegen.

„Liebe", sagt er tonlos vor sich hin, wobei sich eine quälende Leere in seinem Innersten auftut. „Liebe, hat er gesagt, und sie kostet nichts."

Dann stöhnt er mächtig auf: „Hab ich selber denn jemals Liebe erfahren ...?"

Dabei träumt er sich weit zurück in seine eigene Kindheit, und in seinem Herzen breitet sich eine quälende Düsternis aus.

„Nein! Da war keine Liebe, da war nur größte Strenge, Härte und Ungerechtigkeit, und meinen Vater hab ich später ins Altenheim abgeschoben, ja – abgeschoben hab ich ihn, obwohl er liebend gerne unter uns geblieben wäre. In dem Heim ist er dann gestorben. Ganz alleine war er im Alter, nachdem schließlich auch die Mutter gestorben war, und ich – ich bin ihm gram geblieben bis über seinen Tod hinaus!"

Jetzt muss er sich schnäuzen, der Bergstaller. „Liebe hat er gesagt ..."

Plötzlich verspürt er ein unsäglich eigenartiges Gefühl von Wärme in seinem Innersten. Es ist sein Herz, das hellauf zu lodern beginnt. Dann steht er schnell auf, als sei er von einer unwiderstehlichen inneren Kraft angetrieben und eilt zurück in die Wohnstube, wo seine Kinder auf ihren Stühlen sitzen und noch immer nichts angerührt haben von all den Geschen-

ken, die doch ihnen gehören. Er geht auf sie zu und streichelt ihnen übers Haar, worauf sie sich ängstlich und verstört ducken. Der Vater aber sagt zu ihnen in einem Tonfall, den sie von ihm noch nie vernommen haben: „Morgen, meine lieben Kinder, morgen fahren wir alle zusammen in die Stadt zum Christkindlmarkt und machen uns einen schönen Tag.“
Und als er sieht, mit welch großen Augen sie ihm stumm ins Gesicht schauen, sagt er weiter: „Und in den nächsten Tagen darf jeder von euch einen Brief an das Christkind schreiben, was er sich denn gerne von ihm zu Weihnachten wünschen möchte.“
Die Bäuerin kann jetzt ihre Tränen der Freude nur schwer zurückhalten, und als der Bauer zu ihr sagt: „Auch du darfst dir natürlich etwas wünschen“, antwortet sie: „Mein Wunsch ist bereits in Erfüllung gegangen.“
Als der Bauer sieht, dass die Kinder immer noch nichts angefasst haben von ihren Köstlichkeiten, muntert er sie auf: „Aber meine Kinder, greift doch zu und nascht, was euch der Nikolaus mitgebracht hat.“
Darauf geht der Stephan hin zu seinem Vater und legt seine Arme wortlos um ihn. Die anderen vier tun es ihm nach und laufen ihrem Vater in seine nun ausgebreiteten Arme.
Die Mutter kann jetzt ihre Tränen nicht mehr zurückhalten und dankt in ihrem Herzen dem unbekannten Nikolaus.
Die Mädchen beginnen mit ihren Puppen zu spielen und die drei Buben nehmen ihren Fußball in die Hand, um ihn rundum näher zu betrachten. Als der Bauer das sieht, taucht in ihm das schreckliche Bild auf, als ihm sein Vater einst mit Prügeln das Fußballspielen mit seinen Freunden verboten hatte. Schnell verscheucht er das Bild, dann nimmt auch er

den Ball in seine Hand und lässt ihn auf den Boden fallen, so dass er ein paarmal hochspringt. Dann sagt er: „Kommt, versucht mal, euren Vater auszutricksen!"

Erst zaghaft und dann immer eifriger kämpfen seine Buben und er in der geräumigen Wohnstube um den Ball, bis der Bauer schnaufend aufgibt und sich in seinen Sessel zurückzieht, während die Buben weiterspielen dürfen. Er schaut ihnen verträumt zu und plötzlich verspürt er ein derart glückseliges Gefühl, wie ihm ein solches seiner Lebtag lang nicht widerfahren ist. Dabei rollt ihm doch tatsächlich eine Träne über sein Gesicht, die er sich verstohlen wegwischt.

Matthias musste dem Pfarrer und dem Lehrer natürlich gleich am nächsten Tag ausführlich erzählen, wie sein Auftritt als Nikolaus bei den Bergstallers aufgenommen wurde und vor allem, was der Bauer dazu gesagt hat.

„Der Bauer hat gar nichts gesagt, weil ich ihm keine Wahl gelassen habe", sagt Matthias „ich habe ihm lediglich einen Schlüssel zugesteckt."

„Einen Schlüssel?", sagen der Pfarrer und der Lehrer wie aus einem Mund.

„Was denn für einen Schlüssel", wollte der Pfarrer wissen, und der Lehrer meint mit einem leichten Vorwurf in seiner Stimme: „Herr Kornbauer, Sie geben uns ein gewaltiges Rätsel auf, ich jedenfalls kann es nicht lösen."

„Ich habe ihm einen Schlüssel für sein Herz zurechtgefeilt", grinst Matthias schelmisch.

„Ein solches Schloss von Herz, wie der Bergstaller eines hat, lässt sich wohl schwerlich öffnen", unkt der Lehrer.

„O, ich habe das Schloss zuvor kräftig geölt", sagt Matthias.

„Möchten Sie uns nicht sagen, was für ein Geschütz Sie gegen den Bergstaller aufgefahren haben", bittet ihn der Pfarrer, „und wie Ihr Schlüssel heißt?"

„O ja, der Schlüssel hat einen Namen, aber diesen möchte ich Ihnen erst dann verraten, wenn wir am Bergstallbauer, oder besser an seinen Kindern, eine Veränderung feststellen."

„Wir werden sehen, vielleicht lässt sich ja in den nächsten Tagen von den Kindern etwas ablesen", meint der Lehrer.

Wenige Tage später kann der Lehrer mit einer sehr frohen Botschaft aufwarten, indem er sagt: „Lieber Herr Kornbauer, Sie müssen ein hervorragendes Öl für das Schloss verwendet haben. Die Bergstallkinder scheinen wie losgelöst von schweren Ketten, zeigen fröhliche Gesichter und ihre Pausenbrote können sich sehen lassen."

Jetzt erst erzählt ihnen Matthias Kornbauer, sichtlich erleichtert über den offenbaren Erfolg seiner Mission als Nikolaus, was er dem Bergstaller ans Herz gelegt hatte.

„Also, Ihr Schlüssel war das schlichte Wort Liebe", sagt der Pfarrer, „an Ihnen ist ein Psychologe verloren gegangen."

„Oder ein Pfarrer", erwidert Matthias Kornbauer lächelnd.

Und noch etwas hat sich sehr zur Freude auch der übrigen Kinder im Dorf geändert. Der Beilhammer als Nikolaus hat für immer ausgedient, und der neue Nikolaus opfert vor Weihnachten sehr gerne ein paar Tage im Jahr, um die Kinder zu beschenken. Aber die Geschenke für die Bedürftigen im Dorf stellt auf Vorschlag des Bergstallbauers die Gemeinde zur Verfügung, wobei er selber den weitaus größten Teil der anfallenden Kosten übernimmt.

Wunder in der Einöde

Ziemlich weit außerhalb des Dorfes befinden sich zwei dicht beieinander liegende Bauernhöfe, deren Besitzer alles andere pflegen, als eine gute Nachbarschaft. Der Kreilinger und der Sterzhuber wissen es gar nicht anders, als dass schon ihre Vorfahren immer gestritten haben untereinander. Auch den Dorfbewohnern ist bekannt, dass da draußen in der Einöde seit Menschengedenken ein ständiger Streit herrscht.

Dabei waren die zwei jetzigen Besitzer sogar einmal befreundet, aber das ist lange her, da gingen sie noch in die Schule und scherten sich nicht um den Streit ihrer Alten. Jetzt sind sie selber alt und haben vergessen, dass sie als Kinder viel miteinander herumgetollt sind. Auch früher war das immer schon so, dass sich die Kinder der beiden Familien untereinander durchaus vertragen und miteinander gespielt haben. Und jetzt sind auch wieder Kinder da auf den zwei Höfen.

Sowohl die Kreilingers wie auch die Sterzhubers haben jeweils einen Buben und ein Mädchen im Alter von fünf und sieben Jahren, und alle vier spielen sehr oft miteinander. Auf den beiden Höfen gibt es genug Scheunen, Schuppen, Ställe und allerlei sonstige Ecken, wo es sich gut Versteckspielen lässt. Gern streunen die vier Kinder zusammen auch im nahe gelegenen Wald herum, der dem Sterzhuber gehört, oder sie halten sich am dahinterliegenden Fischteich vom Kreilinger auf. Und wenn sie sich mal streiten, dann vertragen sie sich auch schnell wieder.

Ein sehr guter Spielkamerad für die Kinder ist auch der große Hund Lex, der dem Sterzhuber gehört. Als die kleine Miriam vom Nachbarn Kreilinger sich noch im Alter von bis zu drei

Jahren befand, durfte sie sogar auf dem Lex reiten und den beiden gefiel das sehr gut und hatten ihren Spaß daran. Für Fremde aber ist es nicht ratsam, dem Hund zu nahe zu kommen, und so haben die vier Kinder immer auch einen sehr guten Beschützer.

Ansonsten dient der scharfe Hund dem Sterzhuber als guter Wächter für seinen Hof. Dazu ist der Lex an einem langen Laufseil angekettet, das quer über den ganzen Hof gespannt ist, wodurch er jede Ecke auf dem Hof erreichen kann.

Es dürfen sich neben den Familienangehörigen und den Knechten und Mägden auf dem Hof nur die beiden Kinder des Nachbarn ohne jede Gefahr nähern. Der Hund begrüßt die beiden auch immer voll der Freude und aufgeregt, denn er weiß, dass er auch gleich von der Kette gelassen wird und dann zusammen mit allen vier Kindern in der Gegend herumtollen darf.

Der Bauer allerdings sieht das nicht gern, aber die Bäuerin hat die besseren Argumente, denn ihr ist es wichtig, dass die Kinder in Begleitung des Hundes gut und sicher aufgeräumt sind bei ihren Streifzügen in der Umgebung, und sie braucht sich nicht weiter groß zu kümmern um sie.

Ähnlich sieht das auch ihre Nachbarin. Deren Mann aber ist der Hund ein gewaltiger Dorn im Auge, denn immer wenn der Hund seiner ansichtig wird, knurrt und bellt er ihn wütend an. Das wurmt den Kreilinger so sehr, dass er nicht mehr ohne einen großen knorrigen Knüppel aus dem Haus geht. Und dem Sterzhuber hat er einmal zugebrüllt: „Da schau her, da hab ich was Feines für deinen Hundsköter", wobei er den Prügel durch die Luft schwenkte. „Wenn der mir nahe kommt, dann darf er daran riechen", drohte er weiter und streichelte mit der Hand genüsslich über den Prügel. Der Sterzhuber aber rief zurück: „Bevor du damit ausholst, wird er dich in der Luft zerrissen haben, der Lex hat nämlich etwas gegen solch nichtsnutzige Gesellen, wie du einer bist!"

Eigentlich sind es nur Kleinigkeiten, die sie aber groß hervorheben, weswegen sich der Kreilinger und der Sterzhuber in die Haare kriegen. Man könnte leicht den Eindruck gewinnen, als wären sie beide stolz auf die alte Tradition der Feindschaft zwischen den Höfen, die sie boshaft aufrecht halten und pflegen wollen. Das liegt aber auch daran, dass der Kreilinger sehr jähzornig sein kann und der Sterzhuber ausgesprochen rechthaberisch ist. Starrsinnig sind sie jedenfalls beide, und so sieht auch keiner von ihnen einen Grund, irgendwie einmal nachzugeben. Am Leben erhalten wird der Unfriede auch dadurch, dass jeder von ihnen auf dem Weg zu den Feldern, Äckern und Wiesen am Hof des anderen vorbei muss. Und so haben sie sattsam Gelegenheit, sich gegenseitig die tollsten Narrheiten an den Kopf zu werfen.

Da der Kreilinger keinen eigenen Wald besitzt, muss er das nötige Brennholz für seine Öfen von anderen Bauern kaufen, denn von seinem Erzfeind bekommt er keines. Der nämlich nennt ihn einen Holzfrevler und wirft ihm außerdem vor, aus seinem Wald ein jedes Jahr zu Weihnachten einen Christbaum zu stehlen. Der Kreilinger wiederum behauptet, dass der Hund vom Sterzhuber in seinem Fischteich wildert, obwohl er genau weiß, dass der Lex alleine und ohne die Kinder nie frei in der Gegend herumläuft.

Mit seinem großen Wald ist der Sterzhuber nicht nur ein Brennholzlieferant für die Bewohner der Umgebung, sondern er macht auch gute und sehr rentable Geschäfte mit einem Sägewerk, das seine Fichten zu Bauholz verarbeitet.

Was den Fischteich vom Kreilinger anbelangt, so darf man ihn von der Größe her eigentlich eher als einen See bezeichnen. Ein Teil des ausgedehnten Gewässers dient ihm als Karpfenzucht. Außerdem züchtet er in mehreren abgegrenzten Teilbereichen Forellen, für die er viele feste Abnehmer hat und für ihn ein sehr lukratives Geschäft bedeuten. So hat also der eine, was der andere nicht hat, aber arm sind sie beide nicht.

Das ist seit Menschengedenken immer schon so gewesen, und von daher mag sich auch der über viele Generationen hinweg bestehende Streit erklären.

Grad mit Fleiß fährt der Kreilinger seine Forellen gut sichtbar in großen Wasserbottichen auf einem offenen Plattenwagen am Sterzhuberhof vorbei. Und um auch noch den kleinsten Neid zu erzeugen, trägt er seine Karpfen oft einzeln in der Hand und wedelt mit ihnen in der Luft umher. Der Sterzhuber ist darüber tatsächlich voller Wut und Missgunst. Er ärgert sich oft grün und blau. Auch den am Laufseil angeketteten Hund scheint das jedes Mal zu ärgern, denn der bellt gereizt, als wüsste er Bescheid, was für ein böses Spiel der Kreilinger gegenüber seinem Herrn betreibt. Innerlich zerfressen und wütend hat der Sterzhuber seiner Frau schon einmal gesagt: „Irgendwann lass ich den Lex von der Kette“, doch bisher konnte sie ihn davon abhalten.

Die beiden Bäuerinnen befinden sich zwar nicht in irgendwelchen Streitereien untereinander, aber so wirklich näher kommen auch sie sich nicht, obwohl sie das durchaus wünschten. Alleine schon ihrer Kinder wegen, die keine anderen Spielkameraden haben als die des jeweiligen Nachbarn, denn das Dorf liegt für die Kleinen zu weit entfernt, um mit dortigen Kindern spielen zu können.

Die zwei Bauern geraten oft auch wegen Grenzstreitigkeiten aneinander, da ihre Felder und Äcker zum Teil aneinander grenzen. Und was den Viehbestand anbelangt, so ist es wiederum der Neid, der eine Rolle spielt. Denn der Sterzhuber hat in seinem Stall einen hoch prämierten Stier stehen. Der Kreilinger dagegen muss zum Decken einer Kuh immer einen Stier von auswärts kommen lassen.

Bei all diesen Verhaltensweisen schaden sie sich nur selber unnötig. Es müsste halt mal einer den Anfang machen, um einen Frieden herbeizuführen dort draußen in der zwar abgeschiedenen, aber umso reizvolleren Landschaft, doch dazu sind sie beide viel zu stur. Ein Wunder oder eine höhere Macht müsste halt eingreifen, nur damit könnten die beiden vielleicht zur Besinnung gebracht werden.

Es ist Winter geworden und es sind nur noch wenige Tage bis auf Weihnachten hin. Viel Schnee ist gefallen und die vier Kinder bauen sich lustig aussehende Schneemänner auf dem Sterzhuberhof. Der Hund dagegen zieht es vor, soweit das sein Laufseil immerhin noch zulässt, ein warmes Plätzchen im Pferdestall aufzusuchen, denn wegen eines kürzlich erfolgten operativen Eingriffes in einer Tierarztpraxis fühlt er sich gar nicht recht wohl. Und so sieht er dem lustigen Treiben der Kinder teilnahmslos und in desolater Verfassung befindlich von seinem warmen Platz aus zu. Außerdem hat der Bauer angeordnet, dass der Lex nicht von der Kette darf. Nachts darf er jedoch in die warme Stube, damit er sich von der schweren Operation erholen kann.

Als sich die Kinder nach einiger Zeit vom Hof entfernen, um zum See hinunter zu laufen, äugt ihnen der Lex traurig nach, schläft aber bald müde und matt ein.

Es mag vielleicht eine Stunde vergangen sein, da schreckt der Hund plötzlich hoch, verlässt seinen bequemen Platz, bellt laut auf und jault schließlich derart jämmerlich, als hätte er Prügel bezogen. Dabei zerrt er äußerst wild und kräftig an der Kette. Das treibt den Bauern hinaus, um nachzuschauen, was denn mit dem Lex auf einmal los ist, wo er doch krank ist und sich kaum richtig bewegen kann. Im selben Moment kommt auch sein Nachbar angerannt, schwingt seinen Prügel und schreit dem Sterzhuber entgegen: „Hast du dein Hundsvieh nicht im Griff? Ich zieh ihm jetzt eins über die Schnauze!"

Doch es kommt erst gar nicht zu einem Disput zwischen den zwei Bauern, denn die fünfjährige Leni vom Sterzhuberhof kommt angerannt und schreit schon von weitem: „Hilfe, Hilfe, Hilfe", und die Bauern schauen ihr aufgeschreckt entgegen. Und wieder schreit sie: „Hilfe, die Miriam ist im Eis eingebrochen! Der Michi kann sie nicht herausziehen!"

Ein Riesenschreck durchfährt den Kreilinger, denn an seiner ebenfalls fünfjährigen Miriam hängt er mit abgöttischer Liebe. Sofort laufen er und der Sterzhuber zwangsweise Seite an Seite hinunter zum Fischteich, und die beiden Bauersfrauen, die ebenfalls die Schreie der Leni vernommen haben, folgen ihnen angsterfüllt nach. Die kleine Leni hingegen befreit den sich wild gebärdenden Lex von der Kette, der trotz seiner Behinderung sofort losspringt und mit einem Höllentempo in Richtung Fischteich rast.

„Schmeiß doch endlich den Knüppel weg", ruft der Sterzhuber seinem Nachbarn zu, als er bemerkt, dass der Lex von hinten angehetzt kommt. Der Kreilinger aber erschrickt heftig, als der Hund wie ein böser Schatten sehr dicht an ihm vorbeihuscht und umfasst seinen Knüppel nur noch fester. Und der Sterzhuber wundert sich über seinen Lex, der doch vor Mattigkeit kaum gehen, geschweige denn laufen konnte, und jetzt hetzt er dahin, als ginge es um sein Leben.

Es geht ihm tatsächlich ums Leben, aber nicht um seines, sondern um das seiner geliebten Spielgefährten. Denn als die Bauern den Teich bereits im Anblick haben, sehen sie, wie der Hund mit einem riesigen Satz auf das Eis springt, um hinaus zu den Kindern zu stürmen.

Dann fährt den beiden ein mächtiger Schreck in die Glieder, denn etwa dreißig Meter vom Ufer entfernt sehen sie, wie der siebenjährige Michi vom Sterzhuber auf dem Bauch liegend die im Eis eingebrochene Miriam an den Händen festhält. Von der Kleinen ist nur der Kopf zu sehen. Die Kraft von Michi reicht nicht aus, sie aufs Eis ziehen zu können. Mehr noch, er scheint die Miriam kaum noch länger festhalten zu können. Der ebenfalls siebenjährige Andi vom Kreilinger liegt hinter dem Michi und hält ihn an den Füßen fest. Neben ihn kann er nicht heran, das hat er nämlich schon versucht, und dabei wären sie beide fast zu Miriam ins Wasser gerutscht, weil das Eis nachgegeben hat.

Aus vollem Lauf heraus und ohne Überlegung springt auch der Kreilinger auf das Eis. Sofort kracht es und mit einem Schlag steht er bis zur Hüfte im Wasser, da dort das Ufer steil abfällt. Seinen Prügel immer noch festhaltend, rudert er mit den Händen wild und hilflos in der Luft umher. Er steckt im Eis fest und kommt weder vorwärts noch rückwärts.

„Reich mir deinen Stecken", schreit der Sterzhuber, „ich zieh dich damit heraus!"

Während das nach einiger Mühe gelingt, robbt sich der Lex die letzten paar Meter vorsichtig auf dem Bauch rutschend auf die Miriam zu. Dann hat er sie erreicht und schon kracht das Eis verdächtig. Sie hören es bis ans Ufer. Vielleicht ist der Hund nicht ganz so schwer wie der Andi, jedenfalls gelingt es ihm, einen Ärmel von Miriam zu fassen und sie erst einmal festzuhalten. Dadurch bekommt der Michi eine Hand frei und kann nun mit seinen beiden Händen wirksamer am anderen Arm von Miriam ziehen. Am anderen versucht Lex zu ziehen. Aber er muss ein paar Mal nachfassen, bis er schließlich den Ärmel ihrer Jacke so zu fassen bekommt, ohne die Miriam am Arm zu verletzen. Jetzt ziehen sie alle drei gleichzeitig. Zum Glück liegt eine dünne Schneeschicht auf dem Eis, die ihnen wenigstens ein wenig Halt gibt. Aber immer wieder bricht am Rand des Loches das Eis weg.

Die angstvoll am Ufer Harrenden können nicht eingreifen, und so bleibt ihnen nichts anderes, als zu beten und zu hoffen, dass die drei tapferen Helfer dort draußen es schaffen. Dem Kreilinger laufen gar bittere Tränen über das Gesicht und flehend erhebt er seine Hände himmelwärts.

Obwohl das Eis immer wieder stückweise abbricht, gelingt es ihnen endlich, die halb ohnmächtige Miriam vollends aus dem Wasser zu ziehen. Nun liegen sie alle erschöpft auf dem Eis und die Miriam scheint gar wie tot. Selbst der Lex liegt und hechelt schwer. Aber er rappelt sich als erster wieder hoch, packt die Miriam erneut am Ärmel und beginnt, sie mit seiner letzten Kraft ganz alleine über das Eis zu ziehen. Schließlich ist es ja s e i n e Miriam, die er einst sogar auf seinem Rücken duldete. Es eilt auch wirklich, denn das Mädchen wird sicher stark unterkühlt sein. Den zwei Buben dagegen wird es eher warm geworden sein vor Aufregung und Anstrengung. Auf dem Bauch rutschend folgen sie den beiden vorsichtig nach. Endlich haben sie alle zusammen das rettende Ufer erreicht und die Miriam hat durch das Schleifen über das Eis wieder das Bewusstsein erlangt. Weinend und überglücklich nimmt ihre Mutter sie in die Arme, umhüllt sie mit ihrer dicken Jacke und eilt mit der kleinen Last zurück zu ihrem Hof.

Während sich die Sterzhuberbäuerin um die beiden Buben kümmert und der Hund wie tot im Schnee liegt, schauen sich die beiden Bauern sekundenlang wortlos in die Augen. Wie auf Kommando fallen sie sich plötzlich in die Arme, sprechen sich zum ersten Male seit ihrer Kindheit mit ihren Vornamen an, indem der eine „Michl" sagt und der andere ihn mit „Hartl" anspricht. Dann reichen sie sich die Hände und umarmen sich ein weiteres Mal. Der Lex aber, der langsam wieder zu sich kommt, aber vor Schwäche immer noch alle Viere von sich gestreckt im Schnee liegt, hebt bei dieser Zeremonie seine Augenlider und schaut hoch zu den beiden, als ahnte er, was da für ein Wunder geschieht. Doch das Wunder ist noch nicht vollendet, denn jetzt geschieht etwas, womit niemand gerechnet hätte. Der Kreilinger Hartl bückt sich nieder zum Hund und streichelt und liebkost ihn trotz des nassen Fells. Selbst der Hund scheint überrascht, denn der Kreilinger zieht jetzt sogar seine gefütterte Winterjacke aus, umwickelt damit den Lex, nimmt ihn dann auf seine starken Arme und trägt ihn behutsam in Begleitung aller anderen zum Sterzhuberhof, also zum Hof seines Nachbarn, dem er über viele Jahre hinweg am liebsten den Kragen umgedreht hätte. Dort legt er den Hund am warmen Kachelofen nieder, krault ihn zärtlich und flüstert ihm Worte des Dankes ins Ohr. Dem Kreilinger ist nämlich sehr wohl bewusst, dass seine geliebte Miriam ohne den mutigen Einsatz des todkranken Hundes das Unglück nicht überlebt hätte. Immer wieder umfasst er den Hals des Tieres und dankt ihm überglücklich mit halb erstickter Stimme. Und der Hund spürt ganz offenbar, dass ihm der vor kurzem noch gehässige Mann Abbitte leisten und seinen Dank ausdrücken will. Ja – kaum zu fassen – immer wieder krault er liebevoll das zottige Fell des Hundes, das er ihm vor nicht einmal zwei Stunden noch allerliebst mit seinem knorrigen Prügel bearbeiten wollte. Erst jetzt wendet sich der Kreilinger dem Michi zu und umarmt ihn wortlos. Lange hält er ihn fest und er weiß nicht, wie er ihm danken soll, denn wenn ihn die Kraft verlassen hätte, dann wäre seine Miriam ... nein – er will gar nicht weiterdenken. Dann dankt er auch der kleinen Schwester von Michi, weil sie den Lex geistesgegenwärtig von der Kette gelassen hat.

Jetzt aber laufen die drei Kinder besorgt zum Kreilingerhof hinüber, um nachzuschauen, wie es ihrer verunglückten Spielkameradin geht. Dort ist inzwischen der Arzt eingetroffen und behandelt die Kleine, die sich erstaunlich schnell zu erholen beginnt.

Und wieder einmal bewahrheitet sich: Bauernkinder sind sehr robust. Es war wohl eher die Angst, die ihr zu schaffen gemacht hat; die Angst, weil der Michi sie nicht länger mehr hätte festhalten können. Als sie aber den Lex auf sie zukommen sah und wie er sie am Ärmel packte, da wusste sie, jetzt war sie gerettet, dann erst fiel sie völlig entkräftet in eine kurze Ohnmacht.

Der Kreilinger und der Lex sind jetzt ganz dicke Freunde geworden. Den knorrigen Prügel hat er am Fischteich der Natur überlassen. Stattdessen führt er jetzt immer etwas anderes mit sich herum, nämlich sehr gute und abwechslungsreiche Leckerbissen für seinen neuen Freund. Und der scharfe Hund Lex ist gegenüber dem einstigen bösen Mann jetzt genauso freudig und gutgesinnt wie den Kindern.

Es ist Weihnachten geworden – das Fest der Liebe, und bei den Sterzhubers kommen heuer zum ersten Mal schmackhaft zubereitete Karpfen auf den Tisch. Und bei Kreilingers steht heuer in der Wohnstube ein Christbaum aus dem Wald vom Sterzhuber, wie sie solch einen schönen wohl noch nie hatten. Und an Brennholz mangelt es den Kreilingers auch nicht. Das Weihnachtsfest feiern beide Familien zusammen auf dem Kreilingerhof. Für die Nachbarkinder Michi und dessen kleine Schwester Leni aber legt der Kreilinger ausgesucht schöne Geschenke unter den Weihnachtsbaum.
Vor allem aber besuchen sich die beiden Familien, die ja weitab vom Dorf leben, nun öfter gegenseitig in ihren jeweiligen Wohnstuben zum sogenannten Hoagascht, musizieren und singen zusammen oder erzählen sich Geschichten.
Selbst die Leute im Dorf, die die beiden Männer gemeinsam in der Kirchenbank nebeneinander sitzen sehen, fragen sich, was da wohl für ein Wunder geschehen sein mag.

Holzmann und Holzer

Kurz nachdem Walter Holzer aus dem verlorenen Krieg nach Hause zurückgekehrt war, mussten er und seine Frau Klara mit den zwei kleinen Kindern ihre geräumige Wohnung verlassen. Sie mussten sie räumen zugunsten einer größeren Familie, die ihre Wohnung durch Bomben der Alliierten verloren hatte. Von der Stadt bekam die Familie Holzer stattdessen eine kleine Dreizimmerwohnung in einem Altbau zugewiesen. Die Fenster und Türen sind undicht und die Wände sind im Winter ständig feucht. Mit dem alten Herd in der Wohnküche lässt sich einfach keine ausreichende Wärme in der Wohnung erzeugen. Auch ein kleiner Kanonenofen, den Walter beim Altwarenhändler erstanden hat, ändert daran kaum etwas. Außerdem fehlt es ständig an Brennmaterial.

Aber schlimmer als das alles ist, dass Walter jetzt, ein Jahr nach Kriegsende immer noch arbeitslos ist, obwohl er sich die Hacken abläuft nach einer Arbeitsstelle. Jede Arbeit würde er annehmen, aber stattdessen ist er auf Stempelgeld angewiesen, das er sich jede Woche beim Arbeitsamt abholt. Die paar Mark reichen aber hinten und vorne nicht, um sich und seine Familie auch nur annähernd satt zu bekommen. Viele Tränen sind deshalb schon geflossen.

Vor kurzem hat Walter sogar sein leichtes Sachs-Motorrad, das er über die Kriegszeit retten konnte, einem Bauern weit unter Wert verkauft. Mit diesem fuhr er bis dahin öfter in die Wälder hinaus, um Fallholz für die Öfen zu sammeln. Jetzt ist nur noch das alte, klapprige Fahrrad seiner Frau vorhanden, das sie sich teilen. Mit diesem fahren abwechselnd er und sie in die Dörfer hinaus zu den Bauern, um sich Essbares zu erbetteln. Mehr als die ein oder andere eingetrocknete Brotscheibe vom Anschnitt und Fallobst aus dem Bauerngarten der Bäuerin und höchst selten mal ein Ei, das ist im Grunde alles, was sie mit heimbringen. Oft nehmen sie eines der beiden abgemagerten Kinder auf dem Fahrrad mit in der Hoffnung, bei der Bäuerin Mitleid erregen zu können. Niemals aber erhalten sie von den Bauersleuten etwa Milch für die Kinder, oder gar Butter, Schmalz, Speck oder irgendein Stückchen Fleisch. So etwas lässt sich bei den Bauern nur gegen Wertsachen eintauschen, denn das Geld hat längst keinen Wert mehr.

Nach der Ernte geht Walter hinaus auf die Äcker, um im Boden mit den bloßen Händen nach übriggebliebenen Kartoffeln zu graben. Aber die Bauern ernten ihre Felder und Äcker dermaßen gründlich ab, dass kaum etwas zu finden ist. Ein anderes Mal war er bei einem Bauern für ein paar Tage als Erntehelfer tätig, aber da er sehr groß gewachsen ist, bereitete ihm sein Rücken große Probleme. Dafür richtete er den halb verfallenen Stadel des Bauern wieder tadellos her, wofür er neben ein paar Mark mit etwas Geräuchertem, einem Laib Holzofenbrot und zwanzig Eiern für damalige Verhältnisse schon beinahe fürstlich entlohnt wurde.

Eines Tages brachte er Pilze aus dem Wald mit nach Hause, und am nächsten Tag mussten sie alle vier ins Krankenhaus, wo ihnen der Magen ausgepumpt wurde. Seither geht er den Pilzen aus dem Weg. „Wenn ich mich wenigstens etwas mit Wildkräutern auskennen würde", sagt er zu Klara, „da gibt es doch bestimmt vieles, was man essen kann." Aber beide sind sie typische Großstadtmenschen und haben keinen blassen

Schimmer von all den nützlichen Dingen, die sie aus der Natur zur Linderung ihrer Not hätten entnehmen können, und das völlig kostenlos.

Klara hat als sogenannte Trümmerfrau wochenlang Steine geklopft, aber jetzt kann sie nicht mehr; ihre Hände sind übel zugerichtet und wund geworden, da sie nicht einmal Handschuhe für diese schwere Arbeit besitzt. Jetzt muss Walter an ihrer Stelle weitermachen, obwohl er kaum Zeit dafür aufwenden kann, weil er ständig unterwegs ist, nach Arbeit zu suchen. Nicht einmal Schreibpapier besitzt er noch, um schriftliche Bewerbungen einreichen zu können, und kaufen kann er sich keines. Mühsam klappert er in der Stadt und neuerdings sogar weit außerhalb alle möglichen Betriebe und Werkstätten ab. Wie viele Bewerbungen er bereits geschrieben hat und wie viele Betriebe er schon aufgesucht hat, das weiß er längst nicht mehr. Auch bei einem Bauern hat er noch einmal versucht, sich als Erntehelfer zu verdingen. Aber der hat ihm für den ganzen Herbst hindurch und erst fürs Ende der Saison versprochen, ihn lediglich mit Naturalien zu entlohnen. Das nutzt Walter nichts, denn seine Familie leidet *jetzt* Hunger, und nicht erst am Herbstende. Von der Landwirtschaft will er fortan nichts mehr wissen.

Neuerdings hat er einige Male die Möglichkeit genutzt, nach einem Aufruf der Stadtverwaltung beim Aufstellen von Holzbaracken für Flüchtlinge mitzuhelfen. Dafür hat er aber ebenfalls kein Geld erhalten, sondern täglich jeweils nur eine kleine Brotzeit und eine warme Mahlzeit. Das warme Essen hat er sich in ein altes Essgeschirr der ehemaligen Wehrmacht einfüllen lassen und es für Klara und die beiden Kinder mit heimgenommen. Das war für sie schon beinahe ein Festessen. Bei entsprechender Bezahlung würde ihm diese Arbeit durchaus Freude bereiten, denn vor dem Krieg hatte er eine Lehre als Bau- und Möbelschreiner abgeschlossen und dann noch ein Jahr als Geselle in diesem Beruf arbeiten können, ehe er in die Wehrmacht eingezogen wurde.

Vom Vorarbeiter wurde ihm in Aussicht gestellt, dass man bei Bedarf wieder auf ihn zurückgreifen wolle, denn diesem ist nicht entgangen, dass Walter wohl vom Fach sein musste, weil er keinerlei Anweisungen brauchte.

Einige Tage später, als Walter gerade wieder dabei war, um zusammen mit anderen Arbeitern eine Baracke neu zu erstellen, fährt ein alter Lastwagen mit neuem Holzmaterial vor.

„Schau mal dort hin, mein Chef persönlich", sagt der Vorarbeiter zu Walter Holzer, als der Fahrer aus der Kabine steigt.

„Du bist bei ihm beschäftigt?", fragt ihn Walter.

„Ja, er besitzt ein Sägewerk mit Holzhandel und hat vor, den Betrieb um einen Holzbau oder so ähnlich zu erweitern und auszubauen. Ich bin bei ihm als Vorarbeiter beschäftigt, obwohl ich von Beruf eigentlich Maler bin. Herr Holzmann ist ein außergewöhnlich vorzüglicher und großartiger Chef."

Während Herr Holzmann abladen lässt, sieht er sich etwas näher auf der Baustelle um. Dabei fällt ihm Walter Holzer auf, den er mit einem Blick als sehr anstellig und fachmännisch arbeitend sieht. Er geht auch gleich auf ihn zu und fragt ihn, was er denn für einen Beruf erlernt hätte.

„Zur Zeit bin ich arbeitslos, und von Beruf bin ich Bau- und Möbelschreiner", antwortet Walter. „Das ist ja interessant", sagt der Chef. „Sagen Sie mal, würden Sie denn gerne wieder in Ihrem Beruf arbeiten wollen?"

„Von Herzen gern, aber in dieser Zeit einen Arbeitsplatz zu finden, ist schier unmöglich“, erwidert Walter.

Der Chef überlegt kurz und sagt dann: „Wissen Sie was, sprechen Sie morgen bei mir im Betrieb vor, ich könnte vielleicht Arbeit haben für Sie. Und Sie sagten, Sie hätten Bau- und Möbelschreiner gelernt?“

„Jawohl, aber wegen des Krieges konnte ich nur noch ein Jahr lang als Geselle arbeiten.“

Mit diesem Ergebnis verabschiedet sich der Chef und sagt: „Also dann, bis morgen um acht Uhr bei mir im Betrieb!“

Daheim angekommen, juchzt er laut auf, und seine Frau fragt ihn aufgeregt: „Bekommst du jetzt Geld für diese Arbeit?“

„Nein“, sagt Walter, „viel besser noch, ich glaube, ich bekomme eine Anstellung in meinem alten Beruf. Morgen wird es sich entscheiden, und ich bin sehr zuversichtlich!“

Zeitig in der Früh schwingt sich Walter auf das alte Fahrrad und fährt hinaus in ein Dorf, das ihm bisher unbekannt war. Für das Vorstellungsgespräch hat er seinen besten Zwirn angezogen, einen Anzug, der aber schon etwas arg abgetragen aussieht. Ein wenig abseits von dem Ort findet er hin zu dem Betrieb. „Holzmann – Sägewerk und Holzhandel“ steht mit kaum leserlicher Schrift auf einer verwitterten Bohle über der Toreinfahrt. „Wenn das kein gutes Zeichen ist“, denkt Walter. „Holzmann heißt der Inhaber – und ich heiße Holzer!“

Punkt acht Uhr klopft er an die Tür des Büros. Nach einem lauten „Herein“ tritt er vor Herrn Holzmann, der sofort von seinem Sessel aufsteht und ihn mit Handschlag begrüßt. Ihm fällt sofort die kräftige Hand von Holzer auf. Nach gegenseitiger Vorstellung nehmen sie beide Platz und während Herr

Holzmann die große, aber stark abgemagerte Statur seines Gegenübers mustert, stellt er die üblichen Fragen, die Walter gewissenhaft und mit fester Stimme beantwortet.

„Mir scheint", sagt Holzmann, „als würden Sie einen Vorschuss gut gebrauchen können", was Walter, beschämt zu Boden blickend, zaghaft bejaht.

„Den sollen Sie auch bekommen, obwohl ich Sie natürlich erst einmal auf Probe einstellen muss, denn das verlangt das Gesetz. Im Übrigen bin ich mit Ihren Ausführungen sehr zufrieden. Ich stelle Sie gleich zum ersten Werktag des kommenden Monats ein, das wäre dann also in drei Tagen. Melden Sie sich bei mir, aber bitte erst um halb zehn, da ich vorher außerhalb noch zu tun habe."

Mit dieser für Walter überaus glücklichen Aussicht verabschiedet der Unternehmer seinen neuen Mitarbeiter, der mit bester Laune das Büro verlässt.

So schnell er kann, radelt Walter heim, nimmt seine Klara an den beiden Händen und dreht sich fröhlich im Kreis mit ihr. Vor lauter Freude schlägt er sogar Purzelbäume, was ihm seine Kinder sofort nachmachen.

„Und jetzt, Klara, jetzt kratzen wir unsere letzten Groschen zusammen und gehen einkaufen, denn in drei Tagen bekomme ich Vorschuss."

Endlich können sie sich wieder satt essen, und sogar für Fleisch, das sie seit vielen Monaten nicht mehr kannten, reicht das Geld. Und für die Kinder gibt es zum Nachtisch Pudding mit Vanillesoße. Wie lange mag es her sein, dass die Kinder so fröhlich und zufrieden waren wie heute?

Die Nacht vor seinem ersten Arbeitstag hat Walter in freudiger Erwartung kaum geschlafen und er steht sehr früh auf, um pünktlich zur Arbeit zu erscheinen. Überpünktlich will er sogar sein. Und so steigt er auf das Fahrrad und strampelt los. Er weiß ja mittlerweile, wie lange er dorthin brauchen würde. Sein Weg führt ihn über eine kaum befahrene Straße. Eigentlich ist das nur ein Schotterweg. Es geht leicht bergauf, und dann sieht er auch schon in der weitläufigen Senke das Dorf liegen, hinter dem sich das Sägewerk befindet. Fröhlich vor sich hin pfeifend, betrachtet er die schöne Landschaft, in die er abwechselnd nach links und rechts des Weges schaut. Dann stutzt er und hält an. „Was ist denn das", denkt er, „ragt da nicht ein Arm mit einer Hand senkrecht nach oben aus einem wilden Gestrüpp?" Zwanzig Meter mögen das wohl sein, und da er noch viel Zeit hat, steigt er ab, legt sein Fahrrad am Wegrand ab und geht durch ein zunächst sehr hohes Gras auf die Stelle zu, wo er den vermeintlichen Arm zu sehen glaubte. Ein Graben liegt vor ihm, der von der Straße aus nicht zu sehen ist. Diesen überspringt er. Doch dann erschrickt er heftig, denn hinter dem Graben liegt ein Auto auf der Seite, und aus dem zerbrochenen Fenster ragt tatsächlich ein Arm heraus, den er vorhin noch leicht hin- und herpendeln sah.

Das Auto ist ein kleiner Hanomag-Pkw, der wegen seiner Form oft als Kommissbrot bezeichnet wird. Walter schaut in den Innenraum und zuckt zusammen. Zwei Menschen befinden sich darin. Ein Mädchen, eine junge Frau im Alter von vielleicht 17 bis höchstens 19 Jahren und ein jüngerer Mann, von dem er allerdings nicht viel sieht. Er scheint reglos und eingequetscht zwischen Fahrersitz und dem Lenkrad. Viel Blut sieht Walter überall.

Er fühlt zunächst den Puls der Frau und stellt erleichtert fest, dass sie lebt. Er spricht sie an, aber sie reagiert nicht. Den Mann zu überprüfen gelingt ihm nicht, er kommt an ihn nicht heran. Er will zuerst das Mädchen herausholen, aber durch das Fenster ist es ihm nicht möglich, und so steigt er auf den seitlich liegenden Wagen und reißt mit seinen großen Händen kurz entschlossen einfach die Türe aus den Angeln.

Vorsichtig hebt er das Mädchen aus dem Auto und legt es auf seine im Gras ausgebreitete Jacke. Dann steigt er schnell in den Wagen, um nach dem Mann zu sehen. Dieser ist nicht ansprechbar, auch kann er keinen Pulsschlag feststellen. Dann reißt er den Innenspiegel im Auto ab und hält ihm diesen vor Mund und Nase. Da der Spiegel nicht anläuft, geht er davon aus, dass der Mann tot ist.

Sofort ist er wieder zurück bei der jungen Frau und sieht jetzt erst, dass am linken Bein aus einer Ader stoßweise Blut quillt. Mit seinem Schlips bindet er das Bein oberhalb der Vene ab.

Dann zieht er sein Oberhemd aus und zerreißt es in Streifen. Damit und mit seinem sauberen Taschentuch versucht er, einen Druckverband anzulegen, was ihm auch leidlich gelingt. Zumindest scheint die Blutung gestillt. Andere blutende Wunden, die da noch vorhanden sind, versucht er eher schlecht als recht mit dem Rest seines Hemdes zum Stillstand zu bringen. „Was tun", fragt er sich und sucht im Auto nach Verbandsmaterial. Da ist aber nichts vorhanden, nicht einmal eine Decke, und seine Jacke, auf die er das Mädchen gebettet hat, ist von Blut durchtränkt.

Da sie immer noch ohne Bewusstsein ist, bringt er sie in eine Seitenlage und untersucht ihre Mundhöhle nach Blut und Erbrochenem. Dabei bewegt sie sich plötzlich etwas und er spricht sie sofort an, ob sie irgendwo Schmerzen verspüre. Da sie ihren Kopf leicht schüttelt, geht er davon aus, dass keine Brüche vorhanden sind. Er will die Frau wach halten und spricht sie weiter an, aber sie ist schon wieder ohne Bewusstsein. „Wenn nur wenigstens jemand des Weges käme, den ich um ärztliche Hilfe losschicken könnte", denkt Walter zerknirscht. „Ich muss selber Hilfe holen und das Mädchen alleine lassen", entscheidet er. Da öffnet das Mädchen wieder die Augen, hebt sogar ihren Kopf und blickt um sich. Kraftlos fällt ihr Kopf wieder zurück und Walter schärft ihr jetzt ein, ja nicht einzuschlafen, während er Hilfe holt. Sie nickt leicht mit dem Kopf. Um sich selber zu beruhigen, führt Walter Selbstgespräche. „Ich fahre am besten ins Dorf hinunter, dort finde ich gewiss jemand, der ein Telefon hat, bestimmt aber wird mein künftiger Arbeitgeber eines haben." Nur mit Hose und Unterhemd bekleidet, springt er aufs Rad und fährt hinunter ins Dorf, wo er auf einen Kramerladen trifft.

Den betritt er, und seine Frage nach einem Telefon bejaht die erschreckte Krämerin und sie kommt nach Walters knapper Schilderung sofort der Bitte nach, Hilfe anzufordern.

So schnell er kann, fährt er wieder zurück zum Mädchen, das wieder eingeschlafen oder bewusstlos geworden war. Durch Tätscheln der Wangen gelingt es ihm, es wieder in die traurige Wirklichkeit zurückzuholen. Er lockert die Abbindung am Bein und drückt stattdessen mit dem Daumen fest auf die Stelle, an der das Blut aus der Ader tritt. Dabei spricht er ständig auf das Mädchen ein, damit es wach bleibt.

„Endlich", seufzt er auf! Nach einer gefühlten Ewigkeit treffen zwei Rotkreuzwagen mit vier Sanitätern und einem Arzt ein. Während ihnen Walter das Notwendigste erzählt, untersucht und behandelt der Arzt die Wunden des Mädchens. Dabei sagt er, sich an Walter wendend: „Alle Achtung, was sie geleistet haben, verdient höchste Anerkennung. Sie haben die junge Frau mit aller einfachsten Mitteln vor dem sicheren Verbluten gerettet!“ Anschließend stellt der Arzt noch fest, dass der junge Mann im Auto mit großer Wahrscheinlichkeit bereits durch den Aufprall des Wagens zu Tode gekommen sein musste. Walter gibt den Sanitätern seine Personalien an und setzt sich dann erst einmal ins Gras, um seine Anspannung abzubauen. Dann schwingt er sich aufs Rad, um zu seiner Verabredung mit Herrn Holzmann zu fahren.

„Halt“, sagt er sich, immer noch ganz verwirrt und nicht klar im Kopf, „in diesem Aufzug kann ich dort nicht erscheinen, außerdem bin ich jetzt eh zu spät. Ich muss erst heim und mich neu herrichten. Herr Holzmann ist ein guter Mensch und wird bestimmt Verständnis aufbringen für die Verspätung.“

Unterwegs kommt ihm ein Polizeifahrzeug entgegen und kurz darauf die Feuerwehr, die wohl den Toten bergen wird, der ja fest im verunfallten Auto eingeklemmt ist. „Und die Polizei wird später bestimmt noch wegen eines Protokolls auf mich zukommen“, denkt er und radelt weiter.

Seine Frau daheim erschrickt heftig und fragt voller Angst: „Walter, was ist dir passiert, du siehst ja schrecklich zugerichtet aus, von oben bis unten blutverschmiert. Bist du überfallen worden oder hast du einen Unfall gehabt, und wo sind dein Hemd und deine Anzugsjacke?“

In kurzen Worten klärt er seine Frau auf. Dann wäscht er sich gründlich und zieht sich neue Sachen an, die aber nicht mehr so viel hermachen, wie sein Anzug, der nun keiner mehr ist. Sofort fährt er wieder los, um sich bei Herrn Holzmann zu melden. Als er wieder an der Unfallstelle vorbeikommt, befinden sich dort die Feuerwehr und ein Leichenwagen. Schnell fährt er die Schotterstraße hinunter, durch das Dorf hindurch und gelangt schließlich am Sägewerk an.

Noch ganz aufgewühlt von dem Geschehenen steht er vor der Bürotür. Er atmet einige Male tief durch, ehe er zaghaft anklopft. Auf ein kräftiges „Herein" betritt er das Büro, grüßt freundlich und will auch gleich seine Entschuldigung vorbringen für sein verspätetes Erscheinen. Doch soweit kommt er gar nicht, denn Holzmann springt sofort von seinem Sessel hoch und schreit ihn wütend an: „Sie?! Was wollen Sie hier? Sie suchen dringend Arbeit und glänzen am ersten Tag schon mit Unpünktlichkeit! Dort hat der Zimmermann das Loch gelassen!", und zeigt dabei auf die Tür. „Ich bitte Sie, lassen Sie mich erklären ...", fleht Walter, aber Herr Holzmann unterbricht ihn sofort: „Vor mehr als drei Stunden habe ich Sie hier erwartet und jetzt wollen Sie mir eine Erklärung abgeben? Ich habe Sie irrtümlich für einen brauchbaren Mann gehalten, und ich werde mich nicht noch einmal täuschen lassen mit einer Ausrede, die Sie mir auftischen wollen!"

„Bitte hören Sie mich wenigstens an", versucht es Walter noch einmal. Doch Herr Holzmann braust auf: „Ich habe Sie Gott sei Dank nicht eingestellt und brauche Sie deshalb auch nicht erst zu entlassen, und jetzt: dort ist die Tür! Adieu und Ende!"

Das war mehr als deutlich und Walter ist sich bewusst, dass auch ein Kniefall nichts nutzen würde. Vollkommen niedergeschlagen und den Tränen nahe, verlässt Walter den Betrieb und fährt nach Hause. Daheim jammern und klagen die zwei kleinen Kinder über Bauchweh, denn aus lauter Hunger haben sie unreife Straßenäpfel gegessen.

Klara sieht ihm sofort an, dass es mit der Arbeitsstelle wohl nichts geworden ist. Sie tröstet ihn: „Du hast ein junges Leben vor dem sicheren Tod bewahrt und …“ „ja“, fährt Walter fort, „und dir und den Kindern ein Elend beschert, denn jetzt haben wir keinen einzigen Pfennig mehr im Haus!“
Dann trinkt er einige Gläser Leitungswasser, um seinen quälenden Hunger wenigstens etwas zu lindern, denn heute hat er noch keinen Bissen gegessen, und wie es aussieht, wird das auch den Rest des Tages so bleiben. Völlig matt und wie erschlagen sinkt er auf einen Stuhl nieder und sinniert, wie es weitergehen soll.
„Die Polizei war hier“, sagt Klara, „du sollst dich auf dem Revier melden für ein Protokoll wegen des Unfalls.“
„Das hat Zeit“, sagt Walter, „ich habe jetzt Wichtigeres zu tun.“ Plötzlich steht er auf und sagt mit fester Stimme: „Ich gehe und bringe heute Abend etwas Geld mit heim! Ich weiß jetzt, was ich tun werde!“
Um Himmelswillen, wo willst du denn plötzlich Geld hernehmen? Du wirst doch hoffentlich nichts Schlechtes anstellen?“
Doch Walter beruhigt sie und sagt: „Du darfst mir ruhig glauben, die paar Kröten, die ich heute mit heimbringe, werde ich ehrlich erworben haben.“ Dann verabschiedet er sich schnell, denn es ist bereits kurz nach Mittag geworden.

Niemals hätte das seine Frau gut geheißen, wenn er ihr die volle Wahrheit gesagt hätte, denn er will betteln gehen. „Ein paar Groschen bekomme ich bestimmt zusammen“, redet er sich ein, „am Bahnhof vielleicht, oder vor einem Kaufhaus.“
Aber je näher er sich seinem Ziel nähert, umso mehr verlässt ihn der Mut, und umso mehr wächst seine Scham. Aber hat er

nicht versprochen, Geld mit heimzubringen? Sein Fahrrad hat er bereits abgestellt und versperrt. Er will zu Fuß weitergehen und versenkt sich dabei ins Gebet: „Herr, nicht um meinetwillen, sondern um der Kinder und meiner Frau wegen bitte ich dich, gib ihnen Brot …"

Plötzlich steht er vor dem Krankenhaus, von dem er von den Sanitätern weiß, dass sie dort das schwer verletzte Mädchen hinbringen wollten. Er zögert. Dann betritt er wie automatisch das Krankenhaus und fragt sich durch. Auf der Station wird er gefragt, ob er denn der Vater des Mädchens sei. Da er verneint, verwehrt man ihm den Zutritt. Aber so leicht gibt Walter nicht auf. In einem unbeobachteten Augenblick klopft er leise an die Tür und von drinnen ertönt eine Männerstimme: „Ja, bitte kommen sie herein."

Er betritt das Zimmer. Mit einem Blick sieht er, dass im einzig vorhandenen Bett das Mädchen liegt, das ihm matt zulächelt, als sie in ihm ihren Retter erkennt. Die junge Patientin scheint also über dem Berg zu sein, was Walter erleichtert zur Kenntnis nimmt. Der Arzt begrüßt ihn mit Handschlag und sagt: „Ich habe Sie bereits erwartet, Herr Holzmann."

Erschrocken und ahnungsvoll zuckt Walter zusammen und sagt: „Entschuldigen Sie bitte, Herr Doktor, ich heiße nicht Holzmann, mein Name ist Holzer."

Nur ganz kurz stutzt der Arzt, ehe er sagt: „Oh, dann sind Sie ja der Mann, der dieser jungen Frau das Leben gerettet hat? Bitte bleiben Sie ruhig hier, der Vater von ihr muss auch gleich jeden Moment eintreffen."

In derselben Sekunde klopft es an die Tür und Herr Holzmann betritt das Krankenzimmer. Ohne nach links oder rechts zu schauen, geht er sofort zu seiner Tochter hin und sagt mit fast weinerlicher Stimme: „Judith, mein Engel“, und küsst sie auf die Stirn, wobei er gegen die Tränen ankämpft.

„Entschuldigen Sie, Herr Doktor, dass ich im ersten Moment nur meine Tochter im Blick gehabt habe, aber ich bin so glücklich, dass sie über dem Berg ist, wie Sie mir am Telefon sagten.“ Dann aber fällt sein Blick auf Holzer und er zuckt heftig zusammen. „Was ..., was machen Sie bei meiner Tochter?“, stottert er unsicher und überrascht.

„Aber Papa, das ist doch der Mann, der mir mein Leben gerettet hat“, stößt Judith mit schwacher Stimme hervor. Und der Arzt ergänzt: „Herr Holzmann, das haben wir Ihnen am Telefon nicht gesagt und Sie konnten es deshalb nicht wissen, aber Sie stehen dem Mann gegenüber, ohne dessen schnelles und beherztes Eingreifen Ihre Tochter nicht hier wäre, und ohne diesen Mann wäre ihre Tochter binnen weniger Minuten, wenn nicht gar Sekunden, zu Tode gekommen! Ich darf Ihnen also Herrn Holzer vorstellen.“

Holzmann sinkt innerlich förmlich zusammen. Dann strafft er sich und ergreift mit seinen beiden Händen die Rechte von Holzer und schließlich umarmt er ihn sogar. Und mit einem Blick auf den Arzt gerichtet sagt Herr Holzmann zerknirscht: „Ich kenne Herrn Holzer, aber was ich ihm heute Vormittag angetan habe, liegt alleine an meiner schrecklich unüberlegten Handlungsweise!“

„Ich verstehe nicht“, sagt der Arzt und starrt ungläubig auf die beiden Männer. In knappen Worten erzählt ihm Holzmann, wie er sich noch vor wenigen Stunden in seinem Büro Herrn Holzer gegenüber verhalten hatte. Ergänzend sagt er: „In der Weise, wie ich gehandelt habe, werde ich mir das niemals verzeihen können.“

Doch Herr Holzer lenkt schnell ein: „An Ihrer Stelle hätte ich sicher auch nicht anders gehandelt."

„Nein, nein, Herr Holzer, das glaube ich nicht; ich bin untröstlich und es tut mir von Herzen unendlich leid, wie ich über sie hergefahren bin."

Nochmals entschuldigt sich Holzmann in aller Form bei seinem zukünftigen Mitarbeiter und erklärt dem Arzt kurz, dass er zusammen mit Herrn Holzer seinen Betrieb erweitern will.

Judith war mittlerweile eingeschlafen und deshalb sagt der Arzt: „Herr Holzmann, Ihre Tochter braucht jetzt viel Ruhe. Aber in wenigen Tagen wird sie wieder vollauf gesund sein und auch von den Hautabschürfungen wird dann nichts mehr zu sehen sein. Und den erlittenen Blutverlust haben wir auch im Griff. Jedenfalls wünsche ich Ihnen beiden viel Erfolg und Gelingen für Ihre Pläne." Erleichtert und befreit verlassen beide das Krankenzimmer.

Von seinem heftigen Ausrutscher am Vormittag einmal abgesehen, besitzt Herr Holzmann ein hohes Einfühlungsvermögen und eine recht gute Menschenkenntnis. Er sieht deshalb auch sofort, dass Holzer, obwohl er das nach außen hin gut zu verbergen weiß, physisch am Ende ist und ihn wohl der Hunger sehr plagen muss. Holzmann lädt ihn deshalb fürs Erste zu einem schnellen Imbiss ein, denn er hat trotz des ereignisreichen Tages für die verbleibenden Stunden noch einiges vor. Er will nämlich schnellstmöglich Holzers Familie kennen lernen, und zwar mit sprichwörtlich vollen Händen, denn er weiß ja von der Armut dieser Familie.

Einigermaßen gestärkt begeben sich die beiden zum Einkaufen. Neben einem neuen Anzug als Ersatz für den durch die Rettungsaktion unbrauchbar gewordenen wird Holzer gegen seinen Einspruch nicht nur zusätzlich neu eingekleidet, sondern auch gleich Arbeitskleidung besorgt. Holzmann dachte eben an alles. Vollgepackt erreichen sie schließlich sein Auto, in das sie auch Holzers Fahrrad verstauen.

„Wir sind noch nicht am Ende", sagt er zu Holzer. „Jetzt kaufen wir Lebensmittel für Ihre Familie ein, wobei Sie mich kräftig unterstützen müssen, und haben Sie dabei bloß keine Hemmungen. Ich habe mehr gut zu machen, als Sie denken. Sie müssen wissen, Judith ist mein einziges Kind und mein Alles in der Welt. Und wenn es nur beim Vorschuss bliebe, den ich Ihnen ja ohnehin versprochen habe, dann würde ich mich schauderhaft fühlen."

Schließlich haben sie sogar große Mühe, alles im Wagen zu verstauen; außerdem neigt sich der Inhalt von Holzmanns Brieftasche dem Ende zu.

In der Wohnung von Familie Holzer angekommen, fällt die Frau des Hauses aus allen Wolken. Sie kann gar nicht fassen, was da so eigentlich vor ihren Augen geschieht, denn ihr Mann sprach doch lediglich von ein paar Kröten, die er mit heimbringen wollte. Und jetzt sieht sie ihn neu eingekleidet vor sich, und die beiden Männer packen eine Menge Lebensmittel aus. Sie ist sprachlos. Die Kinder sitzen still und schauen den beiden mit großen Augen zu, was sie da alles auf den Tisch legen. Sie erkennen auch sofort, dass da vieles für sie selber an Schleckereien dabei ist, halten sich aber völlig lautlos und brav zurück.

Herr Holzmann staunt über die wohlerzogene Zurückhaltung der Kinder und schiebt ihnen freundlich lächelnd einige Dinge von den Köstlichkeiten zu, worauf sie sich artig bedanken. Und er staunt noch mehr, weil sie immer noch nichts davon anfassen, sondern es nur mit glänzenden Augen betrachten. „Was für eine Familie", denkt er, „so arm und so anständig!" Und jetzt schämt er sich gleich noch mehr darüber, wie er mit dem Vater dieser armen Kinder umgesprungen ist.

Frau Holzer wischt sich die Tränen aus dem Gesicht und sagt tief bewegt: „Wie können wir Ihnen nur danken für das, was Sie für meine Familie tun, Herr Holzmann? Ich kann dieses Glück gar nicht fassen."

„Nicht mir, sondern Ihrem Mann gebührt aller Dank", sagt Herr Holzmann, „denn das, was er für mein einziges Kind getan hat, das hat er auch mir getan! Ich glaube, ich bin heute der glücklichste Mensch der Welt, und ich möchte wenigstens einen kleinen Teil von meinem Glück abgeben." Dann greift er nach seiner Brieftasche, entnimmt ihr seine letzten vom Einkauf verbliebenen 30 Mark und eine Karte mit Lebensmittelmarken, drückt sie ihr in die Hand und sagt schnell ausweichend: „Frau Holzer, würden Sie mir Ihre Räumlichkeiten zeigen, denn ich weiß, dass Ihnen die Wohnung notgedrungen zugewiesen wurde."

Schnell überblickt er, an was es mangelt. Die Wohnung an sich ist zwar sehr nett eingerichtet, aber darüber hinaus sieht alles sehr betrüblich aus. Die Wände zum Teil feucht, die Fenster schließen schlecht und die beiden Öfen sind kalt. Sich an Holzer wendend sagt er: „Ich werde Sie ab heute für Ihre zukünftige Arbeit bezahlen, aber Sie bleiben mir die nächsten Tage zu Hause, damit Sie sich gut erholen, denn was ich gemeinsam mit Ihnen vorhabe, dafür braucht es Ihre ganze Kraft und Energie!" Damit verabschiedet sich Herr Holzmann und wünscht auch der Frau des Hauses sowie den Kindern, dass sie sich gut erholen mögen.

Anderntags am Vormittag fährt Holzmann zur Überraschung der Familie Holzer mit seinem Lastwagen vor, auf dem er Brennholz geladen hat. Daran herrscht ja dank seines Sägewerks kein Mangel. Aber nicht genug damit, denn jetzt steigt auch noch der Vorarbeiter von Holzmann aus dem Führerhaus und schleppt Dämmmaterial für die Fenster und einige Eimer Wandfarbe ins Haus. Und zu Holzcr sagt Holzmann: „Heizen Sie drei Tage lang Ihre Wohnung kräftig durch, damit die Wände trocknen. Danach wird Ihnen mein Vorarbeiter, den Sie ja bereits kennen, helfen, die Wände zu streichen und die Fenster abzudichten. Ich denke, in acht Tagen werdet ihr das erledigt haben. Dann erst werden wir uns in meinem Betrieb wieder sehen." Als Vorschuss überreicht er seinem zukünftigen Mitarbeiter einen halben Monatslohn, ehe er sich von einer überglücklichen Familie verabschiedet.

Ein Jahr später fährt Walter längst nicht mehr mit dem alten, klapprigen Fahrrad zur Arbeit, sondern mit einem Motorroller. Und aus dem einstigen Sägewerk mit Holzhandel ist ein ansehnlicher Betrieb geworden, der ständig erweitert wird. Nach zwei Jahren – der Betrieb hat sich zu einer richtigen Fabrik der Möbelherstellung entwickelt – fährt Walter bereits mit einem Auto vor. Und auf einem großen Holzschild an der Einfahrt zur Fabrik heißt es:

HOLZMANN & HOLZER
Sägewerk
Bau- und Möbelschreinerei

Elisabeth und Kathi

Als der 21-jährige Sebastian aus dem Krieg von 1870/71 gegen die Franzosen in sein elterliches Anwesen heimkehrte, fand er es in einem arg heruntergekommenen Zustand vor. Seine Mutter war vor einem Jahr gestorben. Dann fing auch der Vater zu kränkeln an und musste mit der Arbeit stark nachlassen. Der Knecht Xaver, ein enger Freund des Vaters, war mit der Bewirtschaftung der Felder und Äcker ganz auf sich alleine gestellt und konnte den zunehmenden Verfall in Haus und Hof nicht verhindern. Zudem musste er seinem Freund immer öfter pflegerische Hilfe leisten. Auch Sebastian musste sich zunächst um seinen Vater kümmern, wobei ihm ein Kriegskamerad, der einige Semester Medizin studiert hatte, hilfreich zur Seite stand. Es gelang ihnen, den Vater so weit aufzupäppeln, dass er nahezu wieder der Alte war und arbeiten konnte. Jetzt waren sie wenigstens wieder zu dritt bei der Arbeit. Aber es fehlte einfach eine Frau, denn das Hauswesen war völlig zum Erliegen gekommen. Da war keine Ordnung mehr vorhanden und kochen konnte von den Männern auch keiner so recht. Der Vater wollte nicht mehr heiraten und sein Sohn hatte vor lauter Arbeit auf dem Hof nicht die Zeit gefunden, sich um ein Mädchen umzuschauen.

Schließlich lernte der Sebastian dann doch eine kennen, in die er sich heftig verliebte. Aber dieses Mädchen war nur die Tochter eines Tagelöhners und damit praktisch eine geborene arme Maus. Aber auf eine Bauerntochter, die eine reichliche Mitgift in den Hof eingebracht hätte, konnte Sebastians Vater ohnehin nicht hoffen, dazu war sein Hof nicht groß genug.

Und so biss der Bauer die Zähne zusammen und musste sich zufrieden geben mit dem armen Mädchen, das sich sein Sohn als Hochzeiterin ausgesucht hatte.

Der Bauer sollte die Entscheidung Sebastians nicht bereuen, denn die Elisabeth, wie sie hieß, entwickelte sich geradezu zu einem Glücksfall für den Hof. Nicht nur, dass das Hauswesen plötzlich in neuem Glanz erstrahlte. Sie legte auch den Bauerngarten neu an, durchforstete den verwilderten Obstgarten, kümmerte sich um das Federvieh, und schließlich versah sie die Ställe innen und außen mit Kalkfarbe, die sie selber anfertigte. Und was sie als künftige Bäuerin über die Bauernarbeit allgemein wissen musste, erlernte sie sehr schnell von dem erfahrenen Knecht Xaver.

Nach einem Jahr harter und gemeinsamer Arbeit konnte man den Hof wieder mit Stolz als den Kornstallerhof bezeichnen, der er früher war.

Doch dann wurde der Bauer wieder krank und starb bald darauf. Aber die beiden Kinder, die die Elisabeth im Abstand von knapp zwei Jahren zur Welt brachte, durfte er noch erleben. Das waren der Martin und der Andreas.

Auch als Mutter bewies Elisabeth, was in ihr steckte, denn Martin und Andreas erfuhren eine ausgezeichnete und sehr liebevolle Erziehung. Außerdem war schon früh erkennbar, dass die guten Wesensarten der Mutter in den Kindern sehr ausgeprägt vorhanden waren und mit zunehmendem Alter immer stärker in den Vordergrund traten. In ihrem Fleiß, in ihrer Ausdauer und Regsamkeit wetteiferten sie mit ihrer Mutter und standen ihr in nichts nach. Und als die beiden in das Jugendalter hineingewachsen waren, war auch der Hof mit ihnen gewachsen und stand nun prächtig da.

Jetzt mussten sogar Helfer eingestellt werden, und die fand Sebastian in einer Magd namens Agnes und in zwei jüngeren Knechten, die sich etwa im Alter von Martin und Andreas befanden. Außerdem war da auch immer noch der inzwischen zum Oberknecht ernannte Xaver, ohne dessen Hilfe der Hof in seiner schlechtesten Zeit nicht überlebt hätte. Ihm gegenüber zeigte sich Sebastian besonders dankbar. Längst gehörte der Xaver fest zur Familie. Und in den Schulferien konnten sich auf dem Hof manche Hüte- oder Stallbuben ein paar Groschen sowie ein gutes Essen verdienen.

In den Ställen befanden sich drei Pferde, zwei Ochsen, acht Milchkühe, Kälber, eine Anzahl von Schweinen und ein Eber sowie immer auch ein paar Ferkel. Ferner bevölkerten Gänse, Enten und eine große Hühnerschar den Hof.

Was in wenigen Jahren zäher Arbeit aufgebaut wurde, hielt mittlerweile jeden Vergleich mit den größten Höfen im Dorf stand. Und Sebastian hat nie vergessen, dass all das Erreichte im Urgrund seiner Elisabeth, der einst armen Kirchenmaus zu verdanken war, und glücklicherweise hatte sein Vater damals keinerlei Einwand gegen eine Heirat mit ihr gehabt.

Das in U-Form gebaute und sehr gepflegte Anwesen, das sich am Rande des Dorfes befand, konnte durchaus als Postkartenmotiv gelten. Ein liebevoll angelegter Gemüsegarten und ein Obsthain ergänzten die Idylle. Eine große Wiese hinter den Gebäuden diente den Enten, Gänsen und Hühnern als idealer Auslauf, und die Schweine hielten sich oft im angrenzenden Wald auf, der ihnen eine gute Mast bot und ebenfalls zum Hof gehörte. Einen Bulldog, wie ihn schon manche Bauern benutzten, fand man auf diesem Hof allerdings nicht.

Die Felder und Äcker wurden mit Hilfe der Ochsen und Pferde bearbeitet und für die Rückearbeit im Wald wurden ebenfalls die Pferde eingesetzt. Auch für die Kutsche brauchte man sie. Außerdem waren Pferde in jener Zeit für einen Bauern oft sein ganzer Stolz und galten immer auch als ein Statussymbol, das von der Größe des Hofes zeugte. Und Sebastian war eben sehr stolz auf das, was er in sehr kurzer Zeit zusammen mit seiner Elisabeth geschafft hatte.

Auf die Bitte von Elisabeth stellte Sebastian eine weitere Dirn ein, die ausschließlich für die Hauswirtschaft vorgesehen war. Katharina, oder Kathi, wie sie kurz genannt wurde, wuchs in einem Armenhaus auf, wo sie schon als kleines Mädchen zur schweren Pflege gebrechlicher Leute herangezogen wurde. Auch hauswirtschaftliche Arbeit lernte sie kennen. Schon mit dreizehn Jahren stand sie bei einem Kleinbauern ein, bei dem sie lernte, was eine Bauerndirn wissen musste. Nur zwei Jahre blieb sie bei ihm, und der Bauer bedauerte sehr, als diese anstellige und fleißige Dirn den Dienst aufkündigte. Er gab ihr ein sehr gutes Zeugnis mit auf ihren Lebensweg. Sie wollte unbedingt auf einem größeren Hof arbeiten, und den hatte sie nun im Kornstallerhof gefunden.

Friedlich und abseits vom großen Weltgeschehen ging jeder auf dem Hof seiner gewohnten bäuerlichen Arbeit nach. Man hatte sich an den Frieden gewöhnt, der nun schon seit dem letzten Krieg über vierzig Jahre lang anhielt. Niemand konnte ahnen, dass ein großer Krieg bevorstand, der selbst im allerletzten Winkel des Landes seine verheerend traurige Wirkung zeigen und hinterlassen sollte. Kein Dorf und nicht der kleinste Hof sollten von menschlichen Tragödien verschont bleiben.

Dann brach der Krieg aus und kurz nacheinander wurden die beiden 21-jährigen Knechte zum Militär eingezogen. Für den Hof war das ein empfindlicher Aderlass. Als dann aber kurz nach ihnen auch noch der ältere Sohn Martin in den Krieg musste, bedeutete das zusätzlich einen Seelenschmerz für die Bauernfamilie, worunter besonders Elisabeth sehr litt.
Nun brauchte der Bauer dringend Ersatz, aber Knechte waren außerhalb von Lichtmess unterm Jahr kaum zu bekommen, und jetzt, wo so viele Männer in den Krieg mussten, schon gleich gar nicht. Es gab kaum ein Dorf, in dem noch jüngere Männer für eine Arbeit zu finden waren.

Als die Bauersleute nach etlichen Monaten vom Tod ihres Sohnes Martin erfuhren, zog zu allem Übel auch noch eine sehr große Trauer in den Hof ein. Aber damit nicht genug, denn als ein Jahr nach dem Martin auch noch der achtzehn-jährige Andreas zum Militär musste, wuchsen Trauer und Angst ins Unermessliche. Auch wusste man nicht mehr, wie die Arbeit auf dem Hof wenigstens noch ausreichend zu erle-digen war. Verzweifelt und vergeblich suchte Sebastian nach Arbeitskräften und er selber arbeitete und werkelte schier Tag und Nacht. Auch die junge Kathl, die ja eigentlich nur als Küchenmagd angestellt war, musste jetzt kräftig zupacken bei jeglicher Arbeit, die auf dem Hof, auf Feld und Acker anfiel, und sie tat es gerne. Sie bewies bei jeder Arbeit, dass sie zu Recht von ihrem früheren Bauern mit einem sehr guten Zeugnis ausgestattet worden war.
Als sich der Andreas schon seit Wochen nicht mehr über die Feldpost meldete, brach Elisabeth neben ihrer seelischen Qual auch noch körperlich zusammen und wurde sehr krank.

Der Arzt hatte reichlich zu tun, aber wirklich helfen konnte er ihr nicht. Es war die Seele, die ihren Körper mit aller Kraft zu erdrücken drohte. Liebevoll kümmerte sich die Kathi um ihre Bäuerin und sie konnte durchaus beweisen, was sie schon als Kind im Umgang mit kranken und pflegebedürftigen Menschen gelernt hatte. Allerdings geriet sie dabei allmählich an die Grenzen ihrer physischen Kraft, denn bei der täglichen Bauernarbeit fielen ihr trotz größter Gegenwehr immer öfter die Augen zu. Der Bauer hätte ihr sehr gerne mehr Ruhe zugestanden, aber sie lehnte das ab und biss sich sogar noch mehr an der Arbeit fest. Mit ihrem Eifer und Fleiß ersetzte sie gewiss mehr als zwei normale Arbeitskräfte.

Auf Lichtmess kündigte die Magd Agnes ihren Dienst, weil sie durch den Tod von Martin ihr Dasein auf dem Hof nicht mehr einsehen wollte. Sie hatte nämlich ein Auge auf ihn geworfen und darauf gehofft, einst Bäuerin auf diesem Hof zu werden. Der Bauer war zutiefst verzweifelt. Jetzt stand er alleine mit dem alten Xaver und der Kathi einem gewaltigen Berg von Arbeit gegenüber und wusste nicht mehr ein noch aus. Dabei ging der Xaver schon gar nicht mehr in sein Bett, sondern schlief jede Nacht im Stall bei den Pferden, um so schnell wie möglich wieder bei der Arbeit sein zu können.

Als die Kathi kurz nach dem Weggang der Magd Agnes eines Abends im Beisein des Bauern am Bett der Kranken saß, fragte die Bäuerin gequält: „Kathi, wirst auch du uns vielleicht bald verlassen und davonlaufen?"
„Nein Bäuerin, du brauchst mich doch, ich bleib bei dir, und außerdem ...", sie stockte. Elisabeth aber lächelte und sagte:

„Ich weiß, was du sagen wolltest.“ Der Sebastian hingegen deutete den Ausdruck „außerdem“ völlig anders, jedenfalls nicht so, wie er gemeint war, und so nickte er Kathi dankbar zu und wischte sich gerührt über die Augen.

Ein paar Tage später hüpfte die Kathi freudig erregt in die Wohnstube und jauchzte: „Der Andreas kommt heim!“
„Was?“, entfuhr es sowohl dem Sebastian wie auch Elisabeth, die auch gleich aufgeschreckt fragte: „Wo, wo ist der Andreas, ist er schon da, wo hast du ihn gesehen?“
„Nein, ich habe ihn nicht gesehen, aber ein Zeichen von ihm habe ich erhalten, eine deutliche Botschaft, die tief in mein Herz eingedrungen ist!“
„Du wolltest bestimmt sagen, ich habe geträumt von ihm“, sagte die Bäuerin enttäuscht. „O meine liebe Kathi, ich träume ja selber Tag und Nacht von ihm, aber schöne Träume gehen leider nicht in Erfüllung.“
„Es ist aber trotzdem seltsam“, erwiderte Kathi, „ich habe gespürt, dass er heimkommt, wieder weggeht und kurz darauf wiederkommt.“
Kathi konnte sich selber nicht erklären, wie ihr geschah und schwieg deshalb. Schon als Kind hatte sie manches Mal tief in ihrem Innersten Ereignisse gefühlt, die später aufs Haar genau eingetreten sind.

Wenige Tage danach erreichte den Sebastian ein Brief von seinem Sohn Andreas, den er mit zittrigen Händen öffnete. Aber je weiter er las, umso freudiger wurde ihm ums Herz. Andreas schrieb, dass er mit seiner ganzen Kompanie in Gefangenschaft geraten war und deshalb nicht nach Hause

schreiben konnte. Nach einigen Wochen aber konnten sie von eigenen Truppen wieder befreit werden. Zur Erholung, so schrieb er weiter, wird er sehr wahrscheinlich für ein paar Tage nach Hause kommen dürfen und danach nicht mehr frontnah eingesetzt werden.
Die Freude am Hof war riesengroß, als Andreas drei Tage später tatsächlich die Wohnstube betrat. Er sah das Elend auf dem Hof und stürzte sich sofort in die Arbeit, obwohl er dringend einer Erholung bedurfte. Er war ziemlich abgemagert. Die Freude über das unvermittelte Wiedersehen ihres geliebten Sohnes richtete die Bäuerin sichtlich auf. Ihre seelischen und körperlichen Zustände waren schlagartig wie weggeblasen und sie konnte wieder richtig hinlangen.

Als sich Andreas nach drei Wochen von den Seinen wieder in das grausame Kriegsgeschehen verabschieden musste, wirkte er trotz der schweren Arbeit, die er geleistet hatte, erstaunlich gut erholt. Das verdankte er nicht nur der Fürsorge seiner Mutter, sondern auch seiner überaus großen Freude darüber, dass er den geplagten Eltern trotz der kurzen Zeit entscheidend unter die Arme greifen konnte.
Der Abschied ist allen sehr schwer gefallen. Und zur mittlerweile siebzehnjährigen Kathi sagte er nur drei Worte: „Warte auf mich!" Die beiden empfanden ja bereits kurz vor Andreas' Verabschiedung zum Militär eine starke gegenseitige Zuneigung. Beide verbargen ihre Gefühle so gut sie konnten, und Andreas tat dies, weil er unbedingt vermeiden wollte, dass die Kathi im Falle, dass er nicht mehr aus dem Krieg heimkäme, nicht einer allzu großen Trauer ausgesetzt wäre. Und so verhielt sich Andreas, als sie ihn am Bahnhof verabschiedeten,

der Kathi gegenüber nicht auffällig anders, als er das seinen Eltern gegenüber tat. Aber es fiel ihm sehr schwer. Nur zu gerne hätte er ihr mehr gesagt. Daheim warf sich die Kathi weinend an die Brust der Bäuerin. Sie dagegen kannte ihren Sohn nur zu gut, und so sagte sie zur Kathi: „Der Andreas war schon als Kleiner immer ein stiller, braver und sehr anständiger Bub. Sein Gewissen lässt es nicht zu, dir zum jetzigen Zeitpunkt zu zeigen und zu sagen, was er für dich empfindet. Aber glaube mir, auch er wird jetzt still weinen und beten und hoffen, dass er dir bald sagen darf, wie sehr er dich liebt.“

Ein ganzes Jahr noch dauerte der Krieg, bis endlich die Waffen schwiegen. Dann stand plötzlich einer der früheren Knechte vor der Tür, der sich trotz seines erbarmungswürdig körperlichen Zustandes sehr bald schon in die Arbeit hineinwarf. Der zweite Knecht hingegen war in Russland gefallen.
Jetzt kam aber bei allen wieder eine große Angst auf, weil sich Andreas seit geraumer Zeit nicht mehr meldete, wie schon vor einem Jahr. Sie alle hofften, dass er vielleicht wieder nur in Gefangenschaft geraten war. Das war tatsächlich der Fall, doch diesmal musste er warten, bis die Siegermächte die Gefangenen freigaben, und so dauerte es noch einige Wochen, bis auch er endgültig heimkehrte.

Jetzt gab es für Andreas kein Halten mehr. Er umfasste seine Kathi und hielt sie lange in seinen Armen fest und flüsterte ihr zu: „Jetzt darf ich dir endlich sagen, wie sehr ich dich liebe.“ Dann schaute Andreas mit einem fragenden Blick zu seinem Vater hin, obwohl er genau wusste, dass er gegen Kathi nicht das Geringste einwenden würde.

Um seinem braven Sohn jegliche Frage zu ersparen, sagte er voll der Freude: „Eine bessere Bäuerin für dich, mein geliebter Sohn, als die Kathi, gibt es in der ganzen Welt nicht."

Er wusste, wovon er sprach, denn genau wie einst seine arme Elisabeth, so konnte auch die Kathi als Glücksfall für den Hof nicht mit Gold aufgewogen werden. Dann umarmte er die beiden und sagte schlicht: „Ihr wisst ja gar nicht, wie sehr ich mich für euch freue und wie unendlich glücklich ihr mich und die Mutter macht."

Und die Kathi wandte sich jetzt der Bäuerin zu und fragte sie: „Bäuerin, darf ich jetzt Mutter zu dir sagen?"

Worauf diese belustigt zur Antwort gab: „Du musst sogar, denn wenn der Bauer sagt, eine bessere Bäuerin für Andreas als dich gibt es in der ganzen Welt nicht, dann kann ich nur sagen, ich hab jetzt die allerliebste Tochter in der ganzen Welt, und die gebe ich nicht mehr her!"

Dann kam alles ganz anders

Der stattliche Hof von Alois Kreithmeier liegt inmitten des Dorfes nahe der Kirche – und zum Wirtshaus ist es auch nicht weit. Dort saß Hans-Georg, der zweitälteste der vier Söhne des Bauern zusammen mit zwei anderen Burschen vom Dorf, um gemeinsam Abschied von daheim und ihren freiwilligen Eintritt zum Militär zu feiern.

Hans-Georg war nicht interessiert am Bauernleben und strebte nach etwas anderem, und eigentlich passte er auch gar nicht in die bäuerliche Welt. Mit seinem Vater hatte er oft Streit, denn dieser meinte: „Du gehörst hierher und nicht irgendwo anders hin!"

Hans-Georg aber war ein feinsinniger Mensch, und vor allem war er auch kunstsinnig. Er zeichnete und malte gerne. Seine ganz große Liebe aber gehörte der deutschen Sprache. Seine Aufsätze waren sehr gewandt formuliert und seine Lehrer waren hellauf begeistert von seinen Leistungen. Sie förderten sein Talent und sorgten trotz des Widerstands seines Vaters dafür, dass er eine höhere Schule besuchen konnte. Auch seine Schwester Katharina und die drei Brüder unterstützten ihn, so gut es ihnen möglich war. Sein Talent zum Schreiben hat er sehr wahrscheinlich von seiner Mutter geerbt, denn sie schrieb gerne Gedichte, worüber sich der Bauer oft lustig machte. Ursprünglich wollte Hans-Georg ein Kunststudium belegen und hatte deshalb vorgehabt, als Vorbedingung Zeichnungen bei einer Kunstakademie einzureichen, aber so weit ist es nie gekommen, denn der Bauer vernichtete ihm alle seine Entwürfe, was letztendlich zu einem noch heftigeren Zerwürfnis zwischen ihm und seinem Vater führte.

Daraufhin trat er eine Stelle als Volontär bei einer Augsburger Zeitung an und ließ sich journalistisch ausbilden. Unterkunft erhielt er von einer alten Witwe, die ihm für wenig Geld eine kleine Kammer vermietete.

Aber sein Vater verweigerte ihm jegliche finanzielle Unterstützung und so sprangen die Geschwister von Hans-Georg trotz ihres dürftigen Taschengeldes ohne Wissen des Vaters ein, und auch die Mutter steckte ihm heimlich Geld zu. Die Wochenenden allerdings verbrachte er auf dem elterlichen Hof. Weil aber mit seinem Vater überhaupt kein Auskommen mehr möglich war, bewarb er sich beim Militär.

Für ihn war das nichts anderes als die Flucht vor seinem uneinsichtigen Vater, ohne zu ahnen, dass ihm ausgerechnet von der Akademie für Militärhistorik in der „Königlich Bayerischen Armee" etwas in Aussicht gestellt wurde, das seinen Neigungen zumindest zu einem guten Teil entsprach, denn ihm wurde angeboten, am Aufbau eines Instituts für Kriegs- und Militärgeschichte mitzuwirken.

Zwei Jahre später, kurz bevor der „Große Krieg" ausbrach, den man später als den 1. Weltkrieg bezeichnen wird, ließ er sich nach Berlin ins Kriegsministerium versetzen, wo er im neu eingerichteten „Dezernat für Kriegsgeschichte" arbeitete und gleichzeitig zum Leutnant befördert wurde.

Daheim unterdessen sollte der älteste Sohn Dominik bald den Hof übernehmen und deshalb die Oberdirn Marie-Sophie heiraten, die hier am Hof im Dienst stand. Diese Oberdirn war die Tochter des reichen Bauern Kornbichler im selben Dorf, und weil das die zwei Bauern so beschlossen hatten, sollten die beiden heiraten. Die Mitgift von Marie-Sophie war beachtlich, denn sie war das einzige Kind von Kornbichler.

Der Dominik aber zog da überhaupt nicht mit, denn er hatte längst schon eine andere ins Auge gefasst. Diese andere aber, die Lisbeth, war nur eine einfache Dirn auf dem Hof seines Vaters und hatte nichts anderes vorzuweisen, als nur grad ein sehr nettes Wesen und einen gradlinigen, lieben Charakter. Und ja – sehr hübsch war sie obendrein. Die beiden liebten sich innig. Als aber der Bauer Wind bekam von Dominiks Vorhaben, jagte er die arme Dirn sofort von seinem Hof. Der Dominik war darüber heftig in Zorn geraten und überwarf sich mit seinem Vater. Er verweigerte jegliche Arbeit am Hof und machte sich stattdessen auf die Suche nach seiner Auserwählten; erst im Ort und dann in den umliegenden Dörfern. Doch so sehr er suchte, seine Lisbeth war nicht aufzufinden. Allein der Bauer wusste, wo die Lisbeth verblieben ist, denn er hatte ihr, weil er sie nicht direkt auf die Straße setzen, aber doch weit genug weg wissen wollte, einen Platz bei einem ihm bekannten Bauern in der weiteren Umgebung vermittelt.

Nachdem der Krieg ausgebrochen war, meldeten sich Hunderttausende freiwillig, um mit Sang und Klang und Hurra gegen die Franzosen zu ziehen. Der Franzose, so sagte man ihnen, wird binnen Jahresfrist besiegt sein.

Sie zogen lachend in den Krieg,
für Vaterland und Kaiser.
Man tönte stolz von Ehr´ und Sieg,
erst laut, dann immer leiser.
Viel Eisen gab´s und wenig Brot,
sie sangen trotzdem Lieder.
Und anderntags warn alle tot,
es kehrte keiner wieder.

Auch der Dominik meldete sich freiwillig zum Dienst für das Vaterland, aber nicht aus Freude am Krieg gegen die Franzosen, wie das viele andere taten, sondern aus Verzweiflung wegen seiner unerfüllten Liebe, und weil er die andere, die Marie-Sophie, unter gar keinen Umständen heiraten wollte. Lieber wollte er auf Hof und Erbe ganz verzichten.

Nachdem er seine Einberufung erhalten hatte, verabschiedete er sich von seiner Mutter und seinen drei verbliebenen Geschwistern, die er sehr traurig und wehmütig zurückließ. Und weil sie ihrem großen Bruder das Herz erleichtern wollten, versprachen sie ihm alle drei, nach seiner Lisbeth zu suchen.

Schon wenige Wochen nach dem Abschied von Dominik konnten der sechzehnjährige Juliander und seine um ein Jahr ältere Schwester Katharina die Anschrift von Lisbeth ausfindig machen. Sie freuten sich wie kleine Kinder, dass sie ihrem Bruder über die Feldpost Bescheid geben konnten. Und damit begann für die beiden Verliebten eine Zeit regen Briefwechsels. Der Bauer erfuhr nie etwas davon. Er war im Gegenteil sogar überzeugt davon, dass sein Sohn, wenn er durch den Krieg den Ernst des Lebens erst einmal erfasst hat, endgültig von der mittellosen Magd ablassen würde, um dann die Vernunftehe mit Marie-Sophie einzugehen. Das sagte er allen Ernstes seiner Frau, der Bäuerin. Die aber schrie aufgebracht: „Du kannst dem Dominik den Hof nicht einfach absprechen, nur weil er diese hochnäsige und herrische Marie-Sophie nicht heiraten will. Er mag sie nicht, und ich kann sie übrigens auch nicht ausstehen!"

Der Krieg nahm kein schnelles Ende, wie das der Bauer und mit ihm Hunderttausende andere auch angenommen hatten, sondern er ging bereits weit in das zweite Jahr hinein.

70

Die Verlustlisten der Gefallenen wurden immer länger und die oft grässlich Verstümmelten erfuhren ein unendliches Leid und Elend. Auch die zwei Bauernburschen, mit denen der Hans-Georg im Wirtshaus daheim Abschied gefeiert hatte, sind mittlerweile gefallen. Mit Fortdauer des Krieges wurden immer mehr wehrfähige Männer in einen Krieg geworfen, wie ihn die Welt in seiner Grausamkeit noch nicht erlebt hatte. So musste jetzt auch der Drittjüngste des Bauern, der Blasius, in den Krieg ziehen. Jetzt kämpften also drei von vier Söhnen des Bauern in Frankreich oder Russland. Die Mutter und ihre zwei verbliebenen Kinder beteten jeden Tag für sie.

Hans-Georg befand sich seit einigen Wochen als Kriegsberichterstatter zusammen mit einer Kampfeinheit in Frankreich an der vordersten Front. Um möglichst authentisch berichten zu können, ging er zusammen mit einer Kompanie gegen eine stark verteidigte feindliche Stellung am heißumkämpften Hartmannsweilerkopf vor, wobei die Kompanie mit über einhundert Mann restlos aufgerieben wurde – und Hans-Georg war einer von ihnen.

Als dann kurz darauf auch der brave Blasius in den Weiten Russlands fiel, und der Bauer an der Haustüre vom Boten die Depesche entgegennahm, zitterte seine Hand. Wie ein harter Peitschenknall drang jedes der Worte in sein Herz ein, und dann sank er schwer auf die steinerne Stufe nieder, und wie durch einen Schleier fiel sein leerer Blick in die Ferne. Jetzt begann er nachzudenken darüber, was er seinen zwei Söhnen Hans-Georg und dem Dominik angetan hatte. Ihm wurde bewusst, dass die beiden nur wegen seiner Unnachgiebigkeit von zu Hause geflohen waren, um lieber den ungewissen Weg zum Militär einzuschlagen, der vor gut zwei Jahren in einen schrecklichen und verlustreichen Krieg mündete. Und jetzt hoffte er inständig, dass wenigstens der Dominik unversehrt den Krieg überstehen möge. Dann stöhnte er auf: „Oh mein Gott – alleine meine Schuld, meine große Schuld!" Und seine Hände, zu Fäusten geballt, hingen schwer an ihm herab.

Nachdem er sich wieder etwas gefangen hatte, setzte er sich in die Wohnstube und schrieb mit ungelenker Hand mühsam einen Brief an die Heeresleitung. Darin bat er, dass man ihm seinen Sohn Dominik zurückgeben möge, da er bereits zwei Söhne verloren habe. Auf eine Antwort wartete er vergeblich. „Wenn wenigstens der Dominik etwas von sich hören ließe", dachte der Bauer. Aber der Dominik tauschte sich nur mit seiner Angebeteten aus. Die verbliebenen zwei Geschwister auf dem Hof aber erhielten die für sie und ihre Mutter wichtigen Nachrichten von Dominik über die Lisbeth, zu der sie nach wie vor heimlich Kontakt hielten. So wenig wie Dominik, so wenig trauten auch sie ihrem Vater, von dem sie annahmen, dass er nach wie vor gegen die Lisbeth eingestellt war. In der Tat wusste der Bauer nicht das Geringste von den heimlichen Treffen seiner beiden Kinder mit der ehemaligen Dirn, die er einst vom Hof jagte. Und so träumte und hoffte er eigensinnig und nichtsahnend von dem Hergang hinter seinem Rücken, dass der Dominik und die Marie-Sophie doch noch zu einem Paar zusammenfinden würden.
Aber diese Oberdirn ließ es zunehmend an ihrer Arbeitsmoral missen und pickte sich nur noch die angenehmeren Dinge heraus. Der Bauer aber ließ sie mit zusammengebissenen Zähnen treiben, denn er wollte sie nicht vergrämen. Er trat die Flucht nach vorne an und stellte lieber eine neue Dirn ein.

Sie war erst sechzehn Jahre alt, hatte aber eine haus- und landwirtschaftliche Ausbildung genossen und war darüber hinaus auch noch bildhübsch, was dem Juliander, dem Jüngsten, das Herz oft bis zum Hals hinauf klopfen ließ. Julianders Schwester Katharina aber, der das nicht entging, setzte sich vehement dafür ein, dass es ihrem Bruder zufallen solle, die junge Dirn in alle Arbeit auf dem Hof einzuweisen, was der Oberdirn wiederum gewaltig gegen den Strich ging, denn der Hierarchie nach war die Dirn ihr unterstellt. Doch die beiden Geschwister waren sich darin einig, alles daran zu setzen, um das junge Mädchen von der herrischen Oberdirn fernzuhalten, wobei sie auch auf die volle Unterstützung ihrer Mutter zurückgreifen konnten.

Der Juliander aber hatte Angst, der Bauer könnte seine Lisa, so hieß die neue Dirn, davonjagen wie er das einst mit Lisbeth getan hatte. Und so verhielt er sich zurückhaltend. Um die Lisa aber nicht im Zweifel zu lassen über seine Gefühle zu ihr, bat Juliander seine Schwester, seinen Schatz aufzuklären über die mögliche Gefahr, die durch den Bauern lauerte. Katharina tat das den beiden zuliebe nur allzu gern. Nur die Mutter durfte erfahren, wie ihr jüngster Sohn und die neue Dirn zueinander standen, außerdem ahnte sie es ohnehin.

Die Wochen und Monate vergingen. Der Krieg war bereits über das dritte Jahr hinausgegangen und das Vaterland fraß unerbittlich seine Söhne, Väter und Brüder. Kaum eine Familie, die nicht betroffen war. Nun wurden die Kreithmeiers von einer neuen Hiobsbotschaft heimgesucht. Der Postbote überbrachte ihnen den Einberufungsbescheid für ihren letzten Sohn, den inzwischen achtzehnjährigen Juliander. Nach einer sehr kurzen Grundausbildung wurde er an die Westfront versetzt, wo die Kämpfe längst schon in einen mörderischen Stellungskampf übergegangen waren.

Die neue Dirn zerfloss heimlich in Tränen und auch die Mutter und ihre Tochter Katharina weinten bitterlich. Der Bauer aber war entsetzt und schrieb sofort eine Reihe von Bittbriefen an alle ihm möglich erscheinenden Stellen, dass sie ihm seine Söhne zurückgeben sollen. Er schrieb an das Kriegsministerium, an das Parlament, an einzelne Abgeordnete, an das Oberkommando der Heeresleitung, an den Kaiser und zuletzt sogar noch an den bayerischen König, als könnte ausgerechnet er ihm helfen. Tagelang brauchte er dazu. Und was er schrieb, war von einer kindlichen Hilflosigkeit.

„Er könne seinen Hof nicht mehr bewirtschaften und daher auch nichts mehr ernten, was zur Folge habe, dass die Ernährung der Bevölkerung in Frage gestellt sei, weil sehr viele Bauern schon betroffen wären."

In dieser und ähnlicher Art äußerte er sich. Tatsächlich verblieben ihm für die Bewirtschaftung seines Hofes nur noch sein alter Knecht, seine Tochter, die Oberdirn und die Lisa, die nicht nur sehr fleißig arbeitete, sondern auch überall eingesetzt werden konnte.

Keiner seiner Briefe wurde beantwortet. Stattdessen stellte man ihm drei Kriegsgefangene zur Verfügung. Es waren dies Franzosen, die im Zivilleben selber in der Landwirtschaft gearbeitet hatten. Zur Überraschung des Bauern arbeiteten sie alle drei recht willig und fachmännisch. Außerdem konnte sich der alte Knecht Lenz gut mit ihnen verständigen, denn der machte den Krieg von 1870/71 gegen die Franzosen mit und erlernte dabei deren Sprache.

Der unselige Krieg, der so unglaublich viele Opfer schon gekostet hatte, neigte sich dem Ende zu und sollte nur noch wenige Wochen andauern, wie man allgemein hörte.

Als die Bäuerin eines Tages vor die Tür trat, um ihre Leute zum Abendessen herbeizurufen, humpelte ein abgezehrter Mann mit einer Achselstütze auf den Hof zu. Alle sahen ihn, und erst als die Bäuerin laut aufschrie, erkannten auch die anderen in dem stark abgemagerten Mann den Dominik. Schnell eilten alle herbei, umarmten ihn und es gab reichlich Tränen. Und der Bauer sagte tief bewegt: „Dass du nur wieder da bist, mein Sohn; ich kann dir gar nicht sagen, wie sehr ich mich freue, dich endlich wiederzusehen.“

Dann nahm Dominik seine Schwester in den Arm, und sagte zu ihr: „Liebes Schwesterlein, ohne deine Hilfe und die von Juliander hätte ich kaum durchgehalten!“

„Von was für einer Hilfe redest du denn, Dominik?“, fragte der Bauer neugierig.

„Die beiden haben für mich herausgefunden, wo sich meine Lisbeth aufhält“, erwiderte Dominik und war jetzt gespannt, wie sein Vater darauf reagieren würde. Doch aus dessen Mund sprudelte übereilig hervor: „Ich wusste auch, wo sie …“, dann schlug er sich mit der Hand auf den Mund. Aber der Dominik sah und hörte darüber hinweg. Stattdessen fragte er: „Wo ist denn überhaupt der Juliander, ist er bei der Arbeit?“

Als sie alle schwiegen, erschrak der Dominik und er getraute sich nicht weiter zu fragen, ob da vielleicht etwas passiert sei. Während immer noch verdächtiges Schweigen herrschte, gewahrte Dominik die neue Magd, die er persönlich noch nicht kennengelernt hatte. Aber aus den Briefen von Lisbeth wusste er, dass diese seinen Bruder Juliander liebte. Auch war ihm bekannt, dass der Bauer davon nichts wusste. Jetzt aber sagte die Mutter zu ihrem Sohn, dass sein kleiner Bruder vor kurzem zum Militär eingezogen wurde, und dass er bereits geschrieben hat, dass es ihm gut ginge und wir keine Sorgen haben sollten. Die Nachricht, dass sich jetzt sogar sein jüngster Bruder im Krieg befand, versetzte dem Dominik einen Stich ins Herz. Dann ging er zur traurig dreinblickenden Dirn hin und flüsterte ihr leise ins Ohr: „Lisa, er wird gesund heimkommen, denn der Krieg wird mit jedem Tag zu Ende sein, ich weiß das!"

Die Oberdirn Marie-Sophie, die dem Dominik als Hochzeiterin versprochen war, ging auf ihn zu, reichte ihm nur kühl die Hand und fragte ihn kurz: „Du bist verwundet?"

„Ja", sagte Dominik lächelnd zu ihr, „ein kapitaler Lungenstreifschuss, eine Reihe von Granatsplittern im ganzen Körper verteilt, davon ein ziemlich grober dicht am Knie, sind mir zur Beute geworden."

Daraufhin sagte sie zum Bauern: „Für mich ist heute Lichtmess", und etwas leiser, damit es die anderen nicht hören sollten, „einen Krüppel will ich nicht zum Mann!" Dann verließ sie grußlos die Wohnstube, um eiligst in ihr elterliches Anwesen zurückzukehren. Die Zurückgebliebenen sahen ihr sprachlos nach und starrten dann zu Dominik hin, denn den Ausdruck „Krüppel" überhörten sie nicht.

Dominik aber lachte nur und erklärte ihnen: „Die Splitter im Körper waren sehr kleine und sie sind mir alle bereits im Feldlazarett entfernt worden. Es würden kaum Narben zurückbleiben, sagte man mir. Wegen des Streifschusses an der Lunge muss ich mir keine Sorgen machen, da braucht es nur eine kurze Zeit der Schonung. Am Knie bin ich zwar nur notdürftig operiert worden, muss aber in drei Tagen in die Uni-Klinik nach Erlangen, wo nachoperiert wird. Danach, so sagte mir der Arzt, werde ich wieder ganz normal laufen können. Leider muss ich mich nach dem Heilprozess wieder bei meiner Einheit melden, hat mir der Oberarzt damals im Lazarett zu verstehen gegeben."

„Um Gotteswillen, du wirst doch nicht etwa wieder an die Front müssen?", schrie seine Mutter entsetzt auf. „Nein, bestimmt nicht, der Krieg dauert nicht mehr lange. Die Vorgesetzten sprachen von nur noch wenigen Tagen oder Wochen. Und außerdem, was der Arzt im Lazarett zu mir sagte, liegt auch schon wieder einige Zeit zurück. Vielleicht ist der Krieg ja schon zu Ende und wir wissen es bloß noch nicht."

Dann wandte sich Dominik nochmal seiner Mutter zu und sagte zu ihr: „Ich werde heute noch Besuch bekommen, und du weißt sicher, wer das sein wird."

Sie lächelte nur und sagte: „Ja, ich weiß, wer es sein wird."

Dominiks Schwester Katharina aber juchzte kurz auf und hielt sich dann schnell die Hand vor den Mund, um dem Vater nichts zu verraten. Doch der schaute ungläubig drein und fragte: „Woher willst du wissen, dass uns heute noch jemand besuchen wird, und wer sollte das denn sein, doch nicht etwa unser Juliander?"

Eine Antwort erübrigte sich, denn draußen fuhr ein Einspänner vor, dem die Lisbeth mit ihren wenigen Habseligkeiten entstieg und die jetzt zaghaft zur Tür hereinkam. Sofort nahm Dominik sie in die Arme. Nachdem er sie losließ und sie sich die Tränen aus den Augen wischte, sagte die Bäuerin zu ihr: „Komm her mein Kind, jetzt wird endlich alles gut werden."

Nachdem sie auch von Dominiks Schwester herzlich umarmt wurde, wandte sie sich langsam und ängstlich dem Bauern zu. Dieser verspürte einen mächtigen Stich in seinem Herzen für all das, was er nicht nur der Lisbeth, sondern vor allem seinen Söhnen angetan hatte, und plötzlich drängte es ihn, sich von aller Schuld befreien zu müssen, die auf ihm lastete.

Drei Schritte hatte er bis zu ihr hin. Dann breitete er seine Arme aus: „Willkommen daheim, liebe Lisbeth!“ Ungläubig starrten sie alle auf den Bauern und dann folgten sie seinem Blick, denn plötzlich wandte er sich seinem Sohn zu, indem er umständlich nach Worten rang: „Mein lieber Dominik, ich ... also deine Mutter und ich, also wir beide, weißt du, wir gehören zwar noch lange nicht ins Altenteil, äh, ich meine in den Austrag, du weißt schon, was ich damit meine. Aber ich habe dir ... nein, deiner Lisbeth, also euch beiden meine ich, eine große Abbitte zu leisten. Deshalb werde ich dir, sobald du meine zukünftige Schwiegertochter ... äh, deine Lisbeth geheiratet hast, sofort den Hof überschreiben.“

Im Gegensatz zu allen übrigen Anwesenden gab sich Dominik nicht im Geringsten überrascht, sondern setzte noch eins drauf, indem er sagte: „Mit der Hochzeit werden wir aber noch etwas warten müssen, denn es wird sehr wahrscheinlich eine Doppelhochzeit stattfinden.“

„Ah, ich verstehe“, sagte der Bauer, „ein Kriegskamerad oder ein Freund von dir aus dem Dorf? Das wird eine Hochzeitsfeier, wie sie das Dorf noch nicht gesehen hat!“

„Nein Vater, kein Kamerad und kein Freund, sondern etwas viel Lieberes“, erwiderte Dominik. Dem Bauern war ganz und gar nicht klar, wovon Dominik sprach, sah aber plötzlich

strahlende Gesichter um sich und fragte daher seine Bäuerin:
„Weißt du, wovon der Dominik spricht?“
„Ich schon“, sagte die Bäuerin. „Siehe dort die Lisa, die so
traurig dreinschaut, weil sie ihren Liebsten vermisst. Sie wird
von dem zweiten Hochzeitspaar die eine Hälfte sein, und auf
die andere Hälfte warten wir alle zusammen – auch du – mit
der allergrößten Sehnsucht.“
Und wiederum wunderten sie sich über den Bauern, denn der
wandte sich jetzt Lisa zu und fragte sie ungläubig, aber mit
sanfter Stimme: „Lisa, du ...? du und Juliander – ihr zwei?“
Mehr sagte er nicht. Als aber die Lisa ihren Kopf senkte, ging
er auf sie zu, drückte sie wortlos an seine Brust und sagte:
„Ich freue mich für euch beide.“

Am nächsten Tag, es war Sonntag, befanden sie sich wieder
alle in der großen Wohnstube und die Bäuerin trug allerlei
Schmalzgebackenes und Kaffee auf. Katharina, Lisbeth und
die Lisa machten sich in der Küche zu schaffen und kehrten
bald zurück mit garnierten Platten, auf denen Geräuchertes,
Geselchtes, Speck, Wurst, Käse und bestes Holzofenbrot ange-
richtet waren. Dem Bauern quollen die Augen aus dem Kopf
und er meinte: „Wer soll denn das alles essen? Das reicht ja
für ein ganzes Regiment, oder erwarten wir etwa Besuch?“
Die Bäuerin aber sagte: „Ich weiß auch nicht, aber ich habe
den ganzen Tag über schon so ein seltsames Gefühl, und das
will nicht mehr weichen von mir.“
Im selben Moment kam der alte Knecht zur Tür herein und
schrie laut heraus: „Der Krieg, der Krieg ist aus!“
„Waaas!“, riefen sie alle gleichzeitig, und der Bauer fragte ihn:
„Ja Lenz! Woher willst du das wissen?“

„Von den Franzosen“, sagte dieser. „Seit gestern soll er schon zu Ende sein, sagten sie mir, denn heute war ein berittener Bote bei ihnen, der ihnen außerdem mitteilte, dass sie sofort in ihre Heimat zurückkehren könnten.“

„Lenz, sind unsere Franzosen noch da?“

„Die sind freilich noch da und sie sagten mir, sie wollten so lange bleiben, bis die meiste Arbeit für das Jahr getan ist, denn hier, so sagten sie, ist es ihnen gut ergangen.“

„Hol sie nur gleich herein, sie sollen feiern mit uns.“

Nur wenig später öffnete sich leise und von allen unbemerkt die Tür zur Wohnstube. Erst als die Bäuerin freudig aufschrie, sahen sie alle, dass Juliander unter der Tür stand. Noch ehe er sich umsehen konnte, umarmten und drückten ihn seine schluchzende Mutter, dann sein Vater, seine Schwester sowie sein Bruder Dominik und die Lisbeth. Bei diesem Paar verharrte er und sah sie fragend an. Aber Dominik nickte ihm nur lächelnd zu und sagte: „Auf dich wartet auch eine, dreh dich nur um.“

Erst jetzt sah er sie, die Lisa, die etwas abseits stand und ihm freudestrahlend entgegenblickte. Plötzlich wurde es mäuschenstill im Wohnraum, was ihn unsicher machte. Langsam ging er auf sie zu und stockte dann, denn er konnte ja nicht wissen, dass der Bauer schon Bescheid wusste über sie beide. Aber Lisa wusste es, und deshalb sie ihm entgegen und warf sich an seine Brust. Zaghaft umfasste auch er sie und sagte leise: „Lisa – meine liebste Lisa!“

Da hörte er wie aus weiter Ferne die Stimme seines Vaters: „Mein Sohn, willst du deiner Braut nicht wenigstens einen Willkommenskuss geben?“

Ungläubig wandte er sein Gesicht zum Vater hin, der ihm jetzt ermunternd zunickte und dabei lächelte.

„Du weißt …?", fragte Juliander. „Ich weiß alles, ich weiß das schon lange", flunkerte sein Vater, indem er mit den Augen zwinkerte, und alle mussten sie jetzt lachen.

„Und Braut hat er gesagt – Braut?" Dann jubelte er, hob seine Lisa hoch und drehte sich mit ihr juchzend im Kreis, ehe er sie endlich küsste. Dann klatschten alle und gratulierten ihnen aus voller Freude zur Verlobung.

„Und jetzt, ihr alle meine Lieben, lasst uns nicht nur das Ende des Krieges, sondern ganz besonders die Verlobung unserer beiden Paare feiern", verkündete der Bauer fröhlich.

Auch die Franzosen gesellten sich mit dem Lenz dazu, und die Katharina holte zusammen mit ihrer Mutter Wein, Bier und Limonade aus dem Keller. Es wurde ein langer Sonntag und am nächsten Tag brauchte niemand zu arbeiten, auch die Franzosen nicht, die am Ende tatsächlich noch einige Wochen auf dem Hof blieben.

Sechs Wochen waren verstrichen und der Dominik war ohne Einschränkung gesundheitlich wieder hergestellt. Dann kam es tatsächlich zu einer Doppelhochzeit, wie man eine solche im ganzen Dorf noch nie gesehen hatte. Wenigstens in dieser Hinsicht behielt der Bauer auch einmal Recht.

Juliander konnte dank seines großzügigen Erbes im selben Dorf von einem Bauern, der seine Söhne im Krieg verloren hatte und weiter keine Erben vorhanden waren, einen kleinen Hof erwerben, den er zusammen mit der umsichtigen Lisa und der hilfreichen Unterstützung seines Bruders nach und nach zu einem stattlichen Hof ausbauen konnte. Seine Schwester Katharina stand ihm zunächst als Magd zur Seite, bis sie selber im Nachbarort in einen Hof einheiratete, dessen Erbe ein Kriegskamerad von Dominik war und den sie bereits vor dem Krieg schon kennengelernt hatte.

So ist am Ende alles anders gekommen, als sich das der alte Kreithmeier vorgestellt hatte. Er musste die bittere Erfahrung machen, dass wahres Lebensglück auf der einen Seite und stures Festhalten an Prinzipien auf der anderen Seite nicht miteinander vereinbar sind.

Der Ferstl und seine Drud

Die 40jährige Bäuerin Magdalena Kotterer könnte man als hübsche Erscheinung bezeichnen, wäre da nicht der große Kropf, der ihren Hals verunziert. Aus ihrem offenen Gesicht leuchten zwei Augen, die pure Lebenslust und Frohsinn versprühen. Im Widerspruch dazu sieht es in ihrem Inneren aus. Wegen des Kropfes erleidet sie große seelische Schmerzen, die sie nach außen hin tapfer zu verbergen sucht.

Ihr um sieben Jahre ältere Mann Simon, den man im Dorf dem Haus- und Hofnamen entsprechend nur als Ferstlbauer kennt und bezeichnet, ist von gedrungener Gestalt, auf dessen Schultern ein rotgesichtiger Brotschädel sitzt, der bei jedem seiner Schritte hin und her wackelt. Auch sonst sieht er nicht gerade aus wie ein Mann, zu dem ein Weib gerne aufblicken mag. Die äußere Erscheinung der beiden Bauersleute lässt somit kein Bild von harmonischer Einheit aufkommen. Die Bäuerin jedoch steht zu ihrem Mann und ist ihm eine treue Seele. Er dagegen stört sich mächtig an ihrem Kropf, anstatt lieber seine eigene misslungene Menschwerdung zu bedauern. Kinder sind ihnen wegen eines biologischen Webfehlers des Bauern versagt geblieben. Beide sind sie aber mit einem humorvollen Wesen gesegnet. Eine tüchtige Portion Bauernschläue zeichnet sie ebenso aus wie ein listiger Schalk, der besonders ausgeprägt der Bäuerin im Nacken sitzt.

Im bayerischen Oberland, in dem der Kropf viel weiter verbreitet ist als im flachen Land, lebt eine nahe Verwandte der Bäuerin. Sie hatte ebenfalls einen Kropf. Von der erfuhr sie, dass sie ihn von einem Professor in Augsburg entfernen ließ. Das Ganze sei schwierig, aber ohne Komplikationen erfolgt.

Nach langer Wartezeit hat jetzt auch Magdalena einen Termin bei diesem Arzt erhalten. In einigen Wochen soll es so weit sein. Bis dahin aber leidet die Bäuerin immer mehr unter dem Kropf, der stetig größer zu werden scheint. Neben der seelischen Qual kommen oft schlaflose Nächte hinzu und tagsüber wird sie zunehmend von extremer Müdigkeit befallen. Auch ihr fröhliches Wesen tritt kaum mehr zutage. Die Hausarbeit schafft sie nur noch mühevoll. Aus all diesen Gründen drängt sie den Bauern, eine zweite Küchenmagd einzustellen. Schließlich hat der Hof eine große Anzahl von Personen zu versorgen. Der Bauer kommt ihrer Bitte nur widerwillig nach indem er ätzend meint: „Wieder ein Fresser mehr am Hof!" Mit dem Fresser sollte er nicht ganz Unrecht haben, denn das Weib, das sich auf dem Hof vorstellte, hat eine wahre Ähnlichkeit mit einer Muttersau, die kurz vor ihrem Wurf steht. Sowohl die Küchendirn wie auch die Bäuerin müssen schnell erfahren, was es mit der neuen Magd auf sich hat, denn schon während des Kochens kostet sie unablässig da und dort vor, wobei sie eine derartige Menge vertilgt, die jedem Knecht nach schwerster Arbeit einen vollkommen satten Magen beschert hätte. Bei Tische dann haut sie gar rein, dass ihr die Schweißperlen vom rot glänzenden Gesicht ins Essen tropfen.

Obwohl auf einem Bauernhof in der Küche ausschließlich die Bäuerin das Sagen hat, ereifert sich der Bauer: „Jetzt weiß ich, warum diese dicke Made lediglich ein Schulzeugnis vorlegen konnte. Vermutlich hat sie schon eine Reihe von Bauern arm gefressen. Aber nicht mit mir, ich jage sie vorher davon!"
„Kochen kann sie aber hervorragend", meint die Bäuerin ein wenig kleinlaut, da sie ja schließlich für die Anstellung der

Magd verantwortlich war. Die beiden einigen sich deshalb, diese Dirn erst nach der Rückkehr der Bäuerin vom Krankenhaus zu entlassen.

Endlich ist es so weit. Die Bäuerin befindet sich im Krankenhaus und weint Tränen der Freude, als ihr mitgeteilt wird, dass die Operation sehr gut verlaufen sei und der Kropf, der ihr eine so unsägliche Seelenqual bereitet hatte, gründlich entfernt werden konnte und damit der endgültigen Vergangenheit angehört. Die vielen Tage, die sie bis zur Heilung der schweren Wunde noch im Krankenhaus verbringen muss, nimmt sie gerne und in dankbarer Weise hin.

Bis sie endgültig nach Hause zurückkehren darf, wird sie fast ausschließlich von einer jungen Krankenschwester gepflegt, die sich liebevoll um das Wohl der Patientin kümmert. Dabei befindet sich dieses Mädchen erst seit einigen Wochen im Pflegedienst. Ursprünglich hatte sie Hauswirtschaft gelernt und eine kurze Ausbildung zur Krankenpflege drangehängt. Das Mädchen heißt Miriam und wohnt gleich nebenan im Schwesternwohnheim. Dort teilt sie sich ein Zimmer mit einer älteren und bissigen Kollegin, die ihr nicht gut gesinnt ist. Deshalb nutzt Miriam jede Gelegenheit, diesem unguten Frauenzimmer aus dem Weg zu gehen. Sie macht freiwillig Überstunden und kann somit viel Zeit bei der Bäuerin verbringen. Dass ihre Patientin eine Bäuerin ist, weiß sie allerdings nicht. Doch beide mögen sich und haben mittlerweile ein sehr gutes Verhältnis zueinander aufgebaut. So erfährt die Bäuerin von der erst 17jährigen Miriam, dass sie seit ihrem zehnten Lebensjahr eine Vollwaise ist und bei ihrem Lieblings-Opa gelebt hat, dem sie nach dem Tod seiner Frau den Haushalt führte. Später pflegte sie ihn, ehe er vor wenigen

Wochen verstarb. Jetzt steht das Mädchen allein in der Welt, denn weitere Verwandte leben fern in Übersee, zu denen sie keinerlei Kontakt hat. Nachdem sie dieses und vieles andere erfahren hat, fragt die Bäuerin: „Liebe Miriam, sag mir doch mal, in welchem Beruf würdest du am liebsten arbeiten?"

„Die Arbeit in einem größeren Privathaushalt, aber da habe ich leider noch nichts gefunden … aber eigentlich", so fährt sie nach einer kleinen Pause fort, „und Sie werden sich jetzt bestimmt wundern, habe ich als Kind immer davon geträumt, auf einem Bauernhof zu arbeiten, obwohl ich in der Stadt geboren und aufgewachsen bin. Aber mein Opa hat mir das sehr gründlich ausgeredet und gemeint, da musst du für ganz wenig Geld sehr viel und hart arbeiten, und mag der Hof auch noch so groß und der Bauer wohlhabend sein."

„Da hat dein Opa nicht ganz Unrecht gehabt", sagt die Bäuerin schmunzelnd und erzählt ihr einiges über das harte Leben in der Landwirtschaft. Miriam wundert sich, kommt aber nicht dazu, ihre Patientin zu fragen, woher sie ein solches Wissen hat, denn die Bäuerin sagt ihr jetzt: „Liebe Miriam, morgen werde ich entlassen."

Ein kurzer freudiger Ausdruck im Gesicht des Mädchens, dann senkt es traurig den Kopf. „Du freust dich nicht für mich?", fragt die Bäuerin.

Plötzlich werden die Augen des Mädchens feucht. Eine große Wehmut überfällt sie und dabei schluchzt sie leise auf.

Als Magdalena das sieht, zieht sich ihr Herz zusammen, denn ihr wird bewusst, wie tief sie dieses Geschöpf bereits in ihr Innerstes eingeschlossen hat. Deutlich sieht sie auch die höchst unerfreuliche Situation des jungen Mädchens vor sich. Keine Familie, allein und verlassen in der Welt, und dazu eine unverträgliche Zimmergenossin, mit der sie weiß Gott wie lange zusammenleben muss – und die Krankenpflege scheint auch nicht gerade ihr Traumberuf zu sein. Deshalb sagt sie jetzt entschlossen: „Miriam, du bist doch hier nicht fest angestellt, hast eine ganze Menge von Überstunden angesammelt und wirst daher bestimmt ein paar freie Tage bekommen. Willst du mich nach Hause begleiten? Das wäre mir ein sehnlicher Herzenswunsch.“

Knappe zwei Stunden sind sie mit der Bahn unterwegs, ehe sie an einem kleinen Bahnhof aussteigen. Nach weiteren fünfzehn Minuten Fußmarsch gelangen sie in ein Dorf, in dem sich der große schmucke Bauernhof von Simon und Magdalena Kotterer befindet. Dann biegen sie in den Hof ein. Unvermittelt bleibt das Mädchen stehen und reißt wortlos Augen und Mund auf.
„Liebe Miriam, wir sind da, hier bin ich daheim!“
Noch immer keines Wortes mächtig, staunt sie und überlegt.
„Ist die Magdalena etwa eine Magd, vielleicht die Oberdirn, oder gar eine Tochter des Bauern?“
Die Bäuerin reißt sie aus ihren Gedanken, nimmt sie bei der Hand und führt sie schnurstracks hinein in die Wohnstube. Dort ruht wie aufgeblasen die verfressene Dirn in einem bequemen Sessel.
Die Bäuerin ist sprachlos und die Magd bleibt bewegungslos sitzen und sagt weder Muh noch Mäh. Als sie aber von der Bäuerin in scharfem Ton zu hören bekommt, dass sie sich auf der Stelle auf und davon zu machen hat, antwortet die Dirn frech: „Da wirst du dich aber schwer tun, außerhalb von Lichtmeß eine neue Küchenmagd zu finden.“

„Die hab ich längst schon gefunden! Und jetzt geh mir aus den Augen und lass dich vom Bauern auszahlen, wenn er dir überhaupt etwas geben wird!"

Nachdem sich die Dirn entfernt hat, wendet sich Magdalena mit einem schalkhaften Lächeln an die ungläubig dreinschauende Miriam und sagt: „Ja, meine liebste Miriam, ich bin die Bäuerin auf diesem Hof. Ich zeige dir erst einmal das ganze Haus und deine Kammer. Den Hof wird dir später dann der Bauer zeigen."

Nach der Führung durchs Haus lassen sie sich in der Küche nieder, wo die erste Küchendirn inzwischen eine deftige Brotzeit hergerichtet hat.

Während die Dirn danach abräumt, begibt sich die Bäuerin mit Miriam in die geräumige Wohnstube und sagt zu Miriam: „Ich sprach vorhin von einer Dirn, die ich längst gefunden habe. Du weißt noch, was dein Opa einst zu dir gesagt hat? Ich aber sage dir, es macht einen gewaltigen Unterschied, ob man die Magd im Haus oder die Tochter des Hauses ist. Meine liebste Miriam, willst du meine Tochter sein?"

Ein Moment völliger Überraschung, dann ein Jubelschrei und schon liegt sie mit einem unsagbaren Gefühl des Glücks in den Armen der Bäuerin, die sie lange und fest umschlungen hält.

Kurz darauf betritt der Bauer die Wohnstube, begrüßt sein Weib unerwartet freudig, begutachtet ihre Narbe am Hals und sagt: „Ich bin froh, dass du wieder da bist. Die Dirn hab ich mit fünf Mark entlassen und sie sagte mir, dass du bereits eine neue hättest, ist sie das?", wobei er auf die Miriam deutet.

„Ja und nein Simon, das ist meine herzallerliebste Tochter!"

Waas?!", entfährt es ihm heftig, „du hast eine Tochter? Warum weiß ich nichts davon, und ..." Die Bäuerin unterbricht ihn und sagt mit großer Freude im Herzen: „Weil sie das gerade erst geworden ist, mein lieber Simon, und vielleicht kannst auch du ihr ein guter Vater sein?"

Nachdem der Bauer eine gründliche Aufklärung erfahren hat, nimmt auch er Miriam in seine Arme und sagt: „Willkommen bei uns daheim, mein liebes Kind."

Während er sein „liebes Kind" heimlich mustert, geraten seine Sinne ziemlich durcheinander, denn immerhin sieht er vor sich ein gar wunderhübsches Mädchen, wie es ein solches im ganzen Dorf bei weitem nicht annähernd gibt.

Die Bäuerin kennt ihren Simon nur allzu gut und sie sieht ihm an, wie sehr er sich in Gedanken mit Miriam beschäftigt, und als sie ihn bittet, ihr den Hof zu zeigen, ist er überrascht.

Dieses Ansinnen seitens seines Weibes hat er nicht erwartet, und so stottert er beinahe, als er Miriam auffordert, ihm zu folgen. Ein feiner Duft umfächelt seine Nase, während das Mädchen neben ihm hergeht und sein Kopf wackelt vor Aufregung hin und her, obwohl er das zu unterdrücken sucht. Lange bleiben sie weg, denn als sie zuletzt den Pferdestall betreten, hüpft das Herz von Miriam wie besessen. Fünf herrliche Rösser stehen darin und dazu ein Fohlen. Sie kann es kaum fassen. Von diesem Anblick kann sie sich nur schwer lösen, bis sie schließlich wieder zur Bäuerin in die Wohnstube zurückkehrt. Der Bauer hingegen bleibt noch im Stall, um sich mit dem Pferdeknecht Alois zu besprechen.

Die Bäuerin schaut in ein strahlendes Gesicht und fragt: „Na, Miriam, der Hof scheint dir zu gefallen?"

„Die Pferde, die Pferde", sprudelt es mit kindlicher Freude aus ihr hervor. „Pferde sind meine Lieblingstiere. Und dann der Hof, von einem solchen habe ich schon als Kind geträumt."

Drei Tage lang bleibt sie auf dem Hof, dann kehrt sie wieder zurück zu ihrer Arbeitsstätte, wo man ihrer Kündigung nichts in den Weg legt. Vier lange Wochen später trifft sie mit ihren wenigen Habseligkeiten, die leicht Platz in einer Reisetasche gefunden haben, wieder auf dem Hof ein, wo sie schon sehnsüchtig erwartet wurde. Dort hat ihr die Bäuerin eine größere Kammer hergerichtet, in der früher zwei Mägde untergebracht waren. Das alte Mobiliar hat sie entfernt. Miriam darf sich eine neue Einrichtung aussuchen. Dazu fährt sie zu ihrer größten Freude mit ihrer neuen Mutter einige Male mit der Pferdekutsche in die Stadt.

Am Ende kann sie nicht nur das schönste Zimmer am ganzen Hof beziehen, sondern sie hat vor allem nach einer leidvollen Zeit der Einsamkeit und des Alleinseins wieder ein richtiges und dazu sehr schönes Zuhause gefunden.

Schnell hat sich Miriam eingelebt und arbeitet im Haushalt, als hätte sie nie etwas anderes getan. Gerne sitzen sie an den Abenden gesellig bei Gesprächen in der guten Wohnstube beisammen und der Bauer gar bleibt verdächtig oft von seinem geliebten Stammtisch im Roten Ochsen fern, den er bisher regelmäßig zweimal in der Woche zum Kartenspiel aufsuchte. Aber die Bäuerin macht ihm einen Strich durch die Rechnung, indem sie sich mit Miriam mal in die Küche und mal in die kleine Nähstube zurückzieht, wo sie sich ungestört unterhalten können. Der Bauer fühlt sich ausgetrickst und geht wieder regelmäßig zum Ochsen. Dort aber hänseln ihn die anderen Großbauern, nachdem er dummerweise wohl zu viel über seine hübsche Dirn ausgeplaudert hatte. Der Ferstlbauer ärgert sich gewaltig und ist beim Kartenspiel gar nicht recht bei der Sache. Deshalb verliert ordentlich. Nicht einmal das Bier mag ihm schmecken, so missmutig ist ihm zumute. Später auf dem Heimweg verfolgen ihn die Frotzeleien seiner Mitspieler immer noch.

Miriam ist zwar ein Kind der Stadt, hat aber trotzdem schon mal etwas gehört von Hexen und Druden, die bei den Bauern ihr Unwesen treiben sollen. Da sie gerne Näheres darüber wissen möchte, erzählt ihr die Bäuerin allerlei Geschichten über Druden und Hexen.

„Die meisten Geschichten", sagt die Bäuerin, „habe ich als Kind hauptsächlich von meinen Großeltern erfahren. Ob im Wirtshaus oder daheim auf der Ofenbank, auf der Gred oder in der Brechlstubn, überall wurden und werden heute noch Geschichten über Hexen und Druden erzählt."

Sie erklärt Miriam den Unterschied zwischen einer Hexe und einer Drud und sagt dazu: „Was eine Drud treibt, ist ihr angeboren und meist weiß sie gar nichts von ihrer Veranlagung. Nicht selten ist es eine junge Bauernmagd, die nicht auf ihrem eigenen Hof, sondern auf einem Nachbarhof ihr Unwesen treibt. Eigentlich ist eine Drud für ihr Tun gar nicht verantwortlich und kann im Gegensatz zu einer Hexe von ihrer Veranlagung geheilt werden. Die Hexerei dagegen hat mit Zauberei zu tun und gehört zur schwarzen Kunst, die erlernbar ist. Das Treiben der Drud besteht hauptsächlich darin, Menschen und Tiere nachts so lange zu drücken, bis diese schweißnass vom Schlaf erwachen. Bei den Tieren sind es besonders die Pferde, die von der Drud bevorzugt werden. Sie reiten auf ihnen manchmal die ganze Nacht hindurch, bis diese über und über mit Schaum bedeckt sind. Schweine dagegen mögen die Druden gar nicht."

Miriam hört sich die Geschichten mit Spannung an und am Ende ist sie nachdenklich geworden und fragt die Lena, ob sie selber denn an Hexen und Druden glaubt.

„Als Kind habe ich natürlich daran geglaubt, aber jetzt schon lange nicht mehr. Beim Simon sieht das allerdings erheblich anders aus. Der Simon hat mir einmal erzählt, dass sein Großvater eine schwere Herzattacke erlitten hätte, als auf seinem Hof an allen Pferden die Schweife und Mähnen zu furchtbar festen Zöpfen geflochten und ihre Körper wie in Schweiß gebadet gewesen seien, und dass die Knechte und Mägde stundenlang mit dem Entflechten der Zöpfe beschäftigt gewesen wären. Obwohl der Großvater sofort in das Krankenhaus eingeliefert worden sei, habe man ihn nicht retten können und so sei er mit nur 52 Jahren gestorben. Der Simon war damals ein Kind und er hing mit abgöttischer Liebe an seinem Großvater. Seither glaubt der Simon mit geradezu krankhafter Verbissenheit an die Existenz von Druden und von diesem Glauben konnte ich ihn bisher nicht befreien. Was hab ich nicht schon alles versucht, ihn davon abzubringen. Aber das Schlimmste ist, dass er glaubt, bei Druden handle es sich ausschließlich um junge Mädchen, die nur vom Geschädigten selbst, also vom Bauern, von ihrem Leiden befreit werden können."

Miriam genießt die Abende mit der Bäuerin nach getaner Hausarbeit sehr. Trotzdem findet sie die Zeit, jeden Tag auch die Pferde im Stall zu besuchen. Da hat es ihr besonders die Stute Resi mit ihrem Fohlen angetan. Der geistig etwas zurückgebliebene aber sonst brave und sehr zuverlässige Pferdeknecht Alois hält die Dirn für vollkommen verrückt. Das sagt er sogar dem Bauern. „Wie kommst du darauf?", fragt ihn der verdutzte Bauer.

„Weil sie dauernd mit dem Reserl und dem Fohlen spricht."

„Und was sagt sie da so alles?"

„Lauter Schmarren, den ich nicht verstehe."

„Soso, aha", sagt der Bauer darauf nur.

Schon wieder verliert der Ferstlbauer beim Kartenspiel im Ochsen ungewohnt viel Geld. Dafür scheint ihm das Bier umso mehr geschmeckt zu haben, denn sein Gangwerk ist etwas wackelig. Schon während des Kartenspiels musste er unwill-

kürlich an das denken, was ihm der Alois über die Miriam
gesagt hat. Stumpfsinnig vor sich hinbrütend und von wirren
Gedanken begleitet, torkelt er heimwärts. Obwohl er nicht
weiß warum, lallt er vor sich hin: „Ich muss unbedingt mit
dem Alois reden!"
Am Tag davor aber hatte auch die Bäuerin ein Gespräch mit
dem Alois, das heißt, sie versuchte ihm etwas beizubringen,
was nicht ganz einfach war für den begriffsstutzigen Alois.
„Hast du alles verstanden, Alois", vergewisserte sich deshalb
die Bäuerin, worauf er nach seiner Art nur „woll woll" sagte.
Am selben Tag besprach sich die Bäuerin auch lange und sehr
ausführlich mit Miriam.

Kaum dass der Bauer nach dem Wirtshausbesuch seinen Hof
betritt, kommt ihm der Alois aufgeregt entgegen und schreit:
„Bauer, schnell, mit dem Reserl stimmt etwas nicht!"
Der Bauer folgt ihm in den Stall und bleibt erstarrt vor dem
Pferd stehen, das über und über mit Schaum bedeckt ist.
Zutiefst erschrocken sagt er: „Um Gotteswillen, was ist denn
hier passiert?"
Und der Alois jammert: „Ich weiß nicht, ich hab den Stall nur
für eine Stunde verlassen. Jedenfalls ist die Resi verhext!"
Der Bauer ist immer noch starr vor Schreck. Dann streift er
mit der Hand eine Probe von dem schmierigen Schaum ab
und riecht daran. Der Geruch kommt ihm nicht bekannt vor,
deshalb sagt er: „Riech du mal", indem er sich zum Alois um-
dreht. Doch der hat sich inzwischen heimlich davongemacht.
„Jetzt kenn ich mich gar nicht mehr aus", murmelt er und versucht, sein vom Bier arg umnebeltes Hirn und seine Gedanken
in Gang zu setzen.

94

„Was ist da bloß geschehen? Hab ich denn vielleicht dem Alois einen Auftrag erteilt? Nein, das kann nicht sein, er ist ja selber vor Schreck bleich geworden. Oder hat mir da jemand einen Streich gespielt? Immer wirrer werden seine Gedanken und er kommt zu keiner Lösung. Wieder streicht er mit der Hand über das Pferd, das ihn jetzt böse anzuschauen scheint. „Es wird doch nicht wirklich verhext sein? Warum schaut es mich denn so komisch an? Was mach ich denn jetzt?"

Plötzlich taucht die Miriam im Stall auf und stößt einen Schrei des Erschreckens aus. „Was hast du mit meinem Reserl gemacht?", schreit sie den Bauern entsetzt an. Der aber zuckt zusammen und entgegnet ihr: „Ich hab gar nichts gemacht! Schau dir das an!"

Miriam schluchzt, bedeckt mit den Händen ihr Gesicht und fängt zu weinen an. „Dann sagt sie mit halb erstickter Stimme: „Wir müssen den Tierarzt holen! Schick doch bitte schnell den Alois danach, wo ist er, warum ist er nicht hier im Stall?"

Langsam wird der Simon wieder Herr der Lage indem er sagt: „Der Tierdoktor hilft da gar nichts, das Pferd ist verhext, der Alois sagt das auch. Da war eine Drud am Werk! Wir müssen schnell handeln, sonst stirbt dein Reserl! Weißt du überhaupt, was eine Drud ist?"

Und die Miriam antwortet: „Freilich weiß ich das, aber wo soll denn bei uns eine Drud herkommen?"

„Miriam, darüber müssen wir nicht lange rätseln, denn es kommt keine andere in Frage als du, du bist die Drud!"

„Ich, ich?", schreit sie in Tränen aufgelöst und bringt kein Wort mehr hervor.

„Liebe Miriam, um Himmelswillen, beruhige dich! Wenn wir dich erlösen sollen, muss das heute Nacht noch geschehen.

Und je kräftiger du mich dann drückst, umso schneller fährt die Drud aus dir heraus und ist dir auf ewig verschwunden." Dann erklärt er ihr genau, was zu tun ist und fügt hinzu: „Und gell, du darfst zu niemandem ein Wort sagen, erst recht nicht der Bäuerin gegenüber, sonst kriegen wir das Reserl nicht wieder gesund. Und jetzt geh in deine Kammer. Und sei in einer Stunde auf dem Heuboden. Sei pünktlich, denn du musst unbedingt vor mir hier sein. Wenn du mich kommen hörst, dann raschle mit dem Heu, damit ich dich sofort finde, denn ein Licht darf keines gemacht werden!"

Am Morgen des anderen Tages erfährt die erwartungsvolle Miriam von einer unendlich freudvoll strahlenden Bäuerin: „Obwohl sich der Simon furchtbar erschreckt hat und ihm gar die Sinne kurz schwanden, als er mich an seiner Seite wahrgenommen hat, ist doch noch eine traumhaft lange Nacht daraus geworden. Am Ende haben uns auch noch viel zu erzählen gehabt. Der Glaube an Druden existiert für den Simon nicht mehr. Den konnten wir ihm dank der glänzenden Idee und Behandlung des Pferdes durch den Alois gründlich und für alle Zeit austreiben."
Und mit einer etwas ernsteren Miene fährt die Bäuerin fort: „Seit er mit mir sein Leben verbringt, hat er sich sehnsüchtig eine Tochter gewünscht. Er hat immerzu davon geträumt, was ihm von Natur aus nicht vergönnt war. Endlich ist sein Traum wahr geworden, denn in dir sieht er jetzt seine herzliebste Tochter, die einmal seinen Hof übernehmen soll."

Ein Täschchen voll Glück

Der Erste Weltkrieg war gerade zu Ende gegangen und die Siegermächte zwangen Deutschland mit unsäglicher Härte in die Knie, wodurch die meisten Menschen in eine äußerste Einschränkung ihrer Lebensumstände und wachsende Armut gerieten. So auch die Familie Erich und Mathilde Kronholzer mit ihrer kleinen Tochter Andrea. Sie bewohnten zwei kleine Zimmer mit Küche in einer sogenannten Mietskaserne. Der Mann stand, als er vom Krieg heimkam, ohne Arbeit da. Die kleine Unterstützung, die sie vom Staat erhielten, reichte hinten und vorne nicht. Am Schlimmsten für sie war die Beschaffung der täglichen Nahrung. Da sie Großstädter waren, hatten sie keine Ahnung, was ihnen die Natur hätte bieten können an allerlei essbaren Dingen. Aber mit Pilzen wollte es Erich einmal wagen, denn zumindest kannte er Steinpilze und Pfifferlinge. Auch Champignons glaubte er zu kennen. Darüber hinaus allerdings war sein Wissen erschöpft.

Einen ganzen Korb voller Pilze brachte er mit nach Hause. Überwiegend waren es Champignons, wie er seiner Frau voller Stolz sagte. Sie bereiteten sich ein Pilzgericht, das ihnen überaus gut schmeckte. Die erst zweijährige Andrea bekam wegen ihres Alters keine Pilze, sondern Grießbrei zu essen. Und weil die Pilze so gut schmeckten, nahm sich Erich vor, am nächsten Tag gleich wieder Pilze zu sammeln.

Schon in aller Frühe fuhr er mit seinem Fahrrad los. Er hatte schon wieder einige Pilze im Korb, als ihm plötzlich arg übel wurde. Sein Unwohlsein verschlechterte sich dermaßen schnell, dass er es zu seinem Fahrrad, das er am Waldrand abgestellt hatte, nicht mehr schaffte und zusammenbrach.

Am nächsten Tag fand ihn ein Pilzesammler tot im Wald und verständigte die Polizei. Da bei dem Toten keinerlei Papiere gefunden wurden, war eine Identifizierung zunächst nicht möglich.

Bei Kronholzers daheim hatte sich mittlerweile ebenfalls eine Tragödie abgespielt. Da war es die Ehefrau von Erich, die sich stöhnend am Boden wälzte. Ihrer weinend herbeigeeilten kleinen Tochter Andrea konnte sie nur noch sagen, dass sie die Nachbarin holen solle. Da sie nicht bis zum Klingelknopf hinaufreichen konnte, trommelte sie mit ihren kleinen Fäustchen gegen die Tür, worauf die Nachbarin, eine ältere Witwe, erschreckt öffnete. Sie sah der Kleinen sofort an, dass da wohl etwas passiert sein musste. Das Mädchen zerrte an der Hand der alten Frau und stammelte: „Meine Mami kann nicht mehr aufstehen!" Sofort ging sie mit Andrea in die Wohnung hinüber und sah gerade noch, wie sich ihre Nachbarin zusammenkrümmte und dann reglos liegen blieb. Hilflos stand die alte Frau da und dann fiel ihr ein, dass im Stockwerk darüber ein Student ein Zimmer bewohnte, der Medizin studierte. Den holte sie, doch der konnte nur noch den Tod von Frau Kronholzer feststellen. Trotzdem versuchte er es mit Wiederbelebung. Durch das Schreien des Kindes und der alten Frau war ein weiterer Nachbar hinzugekommen, der sofort die nächste Telefonzelle aufsuchte, um ärztliche Hilfe herbeizurufen. Noch immer war der Student mit dem Versuch der Wiederbelebung beschäftigt, als ein Arzt mit Sanitätern eintraf. Auch sie konnten nichts mehr bewirken. Die Frau war tot. Nachdem auch die Polizei eingetroffen war, meinte der Arzt, dass als Todesursache wahrscheinlich eine Lebensmittelvergiftung vorliege. Da das kleine Mädchen keine rechten Antworten geben konnte, und nur stumm auf einen Topf hindeutete, der auf dem Herd stand, nahmen sie den Topf, der noch nicht gereinigt war, näher in Augenschein.

„Darin könnten Pilze gekocht worden sein", meinte der Arzt, worauf die Beamten den Topf zur näheren Untersuchung in das Gerichtsmedizinische Labor mitnahmen. Dort stellte man fest, dass in dem Topf grüne Knollenblätterpilze gekocht worden waren, die der gute Erich mit den täuschend ähnlich aussehenden Wiesenchampignons verwechselt hatte. Da die Polizei wusste, dass auch der Tote im Wald an einer Pilzvergiftung gestorben war, suchte und fand sie in der Wohnung der Verstorbenen seinen Ausweis, womit für die Polizei der Fall praktisch gelöst war. Nicht aber für die kleine Andrea, Sie war jetzt eine Vollwaise.

Die Suche nach näheren Verwandten stellte sich als negativ heraus und so wurde das Mädchen einem Waisenhaus zur Obhut übergeben. Die alte Nachbarin erwähnte der Polizei gegenüber zwar, dass die Familie Kronholzer hin und wieder Besuch von einer älteren Dame erhalten habe, aber ob es sich dabei um eine Verwandte handelte, konnte sie nicht sagen.

Die kleine Andrea brachte von ihrem ehemaligen Zuhause in das Waisenhaus nichts anderes mit, als nur ihre Kleidersachen und ein sehr kleines Umhängetäschchen, das sie hütete wie einen Schatz. Nicht einmal eine Puppe zum Spielen hatte sie und als man ihr eine gab, warf sie diese einfach zur Seite. Mit Puppen wollte sie nicht spielen. Aber in ihrem Täschchen, das sie dauernd mit sich herumführte, befand sich etwas, mit dem sie sich ständig beschäftigte und oft stundenlang spielte. Es waren sehr kleine, aus Gips gefertigte Tiere, eine Handvoll nur. Und zwar eine Kuh, drei Ziegen, ein paar Gänse, Hühner mit Hahn und ein Bauer. Und wenn sie damit spielte, dann muhte und meckerte sie leise vor sich hin. Und dann wieder gackerte sie wie ein Huhn und krähte zwischendurch kikeriki. Niemals rührte sie ein anderes Spielzeug an, was immer man ihr auch vorlegte. Als sie gefragt wurde, woher sie wüsste, wie die Tiere machen, sagte sie nur: „Vom Bauernhof."

In der Tat hatte sie ihr Vater einmal zum Betteln auf einen Bauernhof mitgenommen, um mit ihr bei der Bäuerin Mitleid zu erzeugen, was auch gelang. Die kleine Andrea durfte im Stall sogar die Tiere anschauen und streicheln, was zur Folge hatte, dass sie sich solche als Spielfiguren wünschte. Aber das Geld reichte nur für diese winzigen Gipsfiguren ohne Stall. Den brauchte sie auch gar nicht, denn die Tiere wollte sie immer dicht bei sich haben, eben in dem kleinen Täschchen, das sie nie aus der Hand gab und das sie stets um den Hals trug und wirklich nur nachts zum Schlafen ablegte.

Andrea war mittlerweile drei Jahre alt geworden und noch immer fand man keine Verwandten von ihr, die sie hätten bei sich aufnehmen können. Doch eines Tages klingelte jene ältere Dame an der Wohnungstür, wo die Familie Kronholzer wohnte. Aber die Frau hatte nicht bemerkt, dass ein anderes Namensschild an der Tür befestigt war und als ihr geöffnet wurde, sagte sie: „O, entschuldigen Sie bitte, ich habe mich wohl an der Tür geirrt, ich wollte zu Familie Kronholzer."

Nachdem ihr die neue Bewohnerin sagte, dass sie durchaus an der richtigen Tür geklingelt habe, zeigte sich die alte Dame überrascht, aber die neue Mieterin verwies sie auf die Nachbarin gegenüber, indem sie sagte: „Sie kann Ihnen bestimmt sagen, warum die Familie Kronholzer, die ich persönlich nicht kannte, nicht mehr hier wohnt."

Die Nachbarin erinnerte sich sofort an diese Frau, die sich als Tante von Herrn Kronholzer vorstellte. Als die Tante jetzt erfuhr, was vor einem Jahr geschehen war, suchte sie das Waisenhaus auf. Einen Behördengang nur hatte sie zu tätigen, dann konnte sie die dreijährige Andrea mit zu sich nach Hause nehmen. Die alte Dame war also die Großtante der kleinen Andrea. Mit ihrem Vornamen hieß sie Philomena, aber weil das die Kleine nicht richtig aussprechen konnte, nannte sie sie einfach Tante Mena. Die Großtante war Witwe. Ihr Mann ist ein Bankdirektor gewesen, der seinem Neffen Erich und der Familie früher ab und zu finanziell etwas unter die Arme gegriffen hatte. Obwohl nach dem Krieg eine galoppierende Inflation eingesetzt hatte, wobei das Geld rapide an Wert verlor, war die Philomena recht wohlhabend, denn ihr Mann setzte auf Gold, Silber, Schmuck und andere Wertgegenstände. Ihre Wohnung war groß und schön eingerichtet und so bekam die Andrea natürlich ein eigenes Zimmer. Dort spielte sie unentwegt mit ihren kleinen Gipsfiguren und muhte, meckerte und gackerte. Die Großtante wunderte sich, dass sie keines der Spielsachen, die sie ihr kaufte, anruhrte. Auf die Frage, warum sie denn immer nur mit den kleinen Tierchen spielte, antwortete die Andrea: „Wenn ich einmal groß bin, möchte ich eine Bäuerin werden!"

Daraufhin kaufte ihr die Mena einen schönen Bauernhof aus Holz mit vielen Tieren, dazu einen Bauern mit Bäuerin, einen Knecht und eine Magd. All diese Figuren aber waren so groß, dass die kleinen Tierchen nicht dazupassen wollten. Und doch spielte sie gerne mit den neuen Sachen, was die Tante freute.

Aber zwischendurch holte sie immer wieder ihre kleinen Tierchen aus dem Täschchen und sagte dann: „Ihr seid noch so klein, darum hab ich euch so lieb.“

Mit sechs Jahren kam Andrea in die Schule, in der sie eine fleißige und brave Schülerin war und die auch daheim ihre Hausaufgaben mit großer Hingabe machte. Sie sagte sich: „Ich will einmal eine gescheite Bäuerin sein und keine dumme!“
Als sie mit neun Jahren für einige Tage auf einem Bauernhof sein durfte, war sie voller Freude. Und in den kommenden Jahren durfte sie ihre ganzen Sommerferien auf dem Bauernhof verbringen. Sie war äußerst wissbegierig und wollte alles kennenlernen, was es auf einem Bauernhof zu tun gibt. Sie spielte zwar längst nicht mehr mit ihren kleinen Figuren, aber sie bewahrte sie nach wie vor in ihrem kleinen Täschchen auf, das sie ständig mit sich führte. Und immer noch befanden sich darin eine Kuh, drei Ziegen, ein paar Gänse sowie Hühner mit Hahn und ein Bauer.
Als ihre Großtante sie wieder einmal fragte, ob sie immer noch eine Bäuerin werden möchte, ließ die mittlerweile dreizehnjährige Andrea keinen Zweifel darüber aufkommen.
„Aber du hast gesehen“, sagte die Mena, „Dass da auf dem Bauernhof immer viele Knechte und Mägde sind. Und bevor man eine Bäuerin werden kann, muss man zuerst als eine Magd arbeiten.“
Das verstand die Andrea durchaus, deshalb fing sie bei dem letzten Bauern, bei dem sie ihre Ferien verbrachte, gleich nach Beendigung ihrer Schulzeit als eine Bauernmagd an. Als aber ein Knecht ihr ständig nachstellte und sie bedrängte, kündigte sie auf Lichtmeß, ohne dem Bauern den wahren

Grund zu nennen, um dem Knecht, auf den der Bauer sehr viel hielt, nicht zu verraten. Sie konnte aber ohne Problem auf einen anderen Hof überwechseln, da ihr der Bauer ein herausragend gutes Zeugnis ausstellte.

Ihr neuer Bauer hieß Anton Weidenhiller. Er hatte seine zwei einzigen Söhne im Ersten Weltkrieg verloren. Weitere Kinder hatte er nicht, dafür aber einen Ziehsohn namens Helmut, der sich längst im heiratsfähigen Alter befand und bald auch den Hof übernehmen sollte. Der Bauer suchte auch bereits nach einer Bauerntochter als Bäuerin für ihn, aber sie musste nach seiner Ansicht eine sein, die auch wirklich zu dem etwas schwierigen Helmut passte, der sich mit bäuerlicher Sitte und Arbeit einfach nicht anfreunden konnte. Dabei hatte dieser Helmut einen durchaus guten Charakter. Auch einen sogenannten Schmuser hatte der Bauer beauftragt, aber der brachte auch keine passende Hochzeiterin daher.

So oft es Andrea möglich war, fuhr sie mit dem Fahrrad zu ihrer alten Großtante Mena in die Stadt. Die Entfernung war zwar etwas groß, dafür war die Freude des Wiedersehens umso schöner, denn die Mena war ihr ein und alles.

Zwei Jahre war die jetzt siebzehnjährige Andrea beim Bauern Weidenhiller auf dem Hof beschäftigt, als er sie eines Tages in die Wohnstube bat und zu ihr sagte: „Niemals habe ich eine bessere Magd gehabt als dich, liebe Andrea. Ich würde dich nur allzu gerne als meine zukünftige Schwiegertochter sehen. Könntest du dir vorstellen, als Bäuerin an der Seite meines Ziehsohnes Helmut den Hof zu führen?"

Der Bauer glaubte sich recht sicher, dass eine einfache Magd, die so plötzlich zur Bäuerin aufsteigen könnte, sofort einen

Luftsprung machen und zustimmen würde. Aber da sah er sich getäuscht, denn die Andrea lehnte ab, obwohl damit ihr Traum, den sie von Kindheit an schon klar vor Augen hatte und anstrebte, jetzt und hier in Erfüllung gegangen wäre und das viel früher, als sie sich das je hätte vorstellen können. Dem Bauern gegenüber sprach sie von Liebe, die sie gegenüber Helmut einfach nicht empfinde.

„Ja Mädel, es kommt doch nicht auf die Liebe an, sondern auf das, was dir als einmaliges Geschenk wie vom Himmel vor die Füße fällt. Du wirst dir das bestimmt noch überlegen!"

Die Andrea überlegte sich das aber anders, als der Bauer sich das dachte und kündigte mitten unter dem Jahr ihren Dienst. Sie hielt dem Druck nicht mehr stand, denn zwei der Knechte stellten ihr nach, als sie merkten, dass der Helmut keinerlei Interesse an der schönen Magd zeigte. Die Mägde dagegen tuschelten bösartig darüber, dass die einfache Magd Andrea bald Bäuerin sein würde am Hof. Einzig der treue Knecht Benedikt hielt schützend seine Hand über sie, aber an ihrem Entschluss konnte er dennoch nichts ändern. Auch der Bauer ließ sie ungern ziehen und weil er wusste, dass unter dem Jahr außerhalb von Lichtmeß kaum eine Arbeit zu bekommen war, stellte er ihr ein außergewöhnlich gutes Zeugnis aus, in welches er unter anderem schrieb: „Andrea Kronholzer war nicht nur die mit Abstand beste Magd, die je auf meinem Hof im Dienst stand, sondern sie hat auch das Zeug und die Fähigkeit zu einer sehr guten Bäuerin."

Da sie unterm Jahr in der Umgebung tatsächlich keine Stelle als Magd finden konnte und nicht zu weit von ihrer Mena weg sein wollte, nahm sie einstweilen eine Stelle als Küchenhilfe und Bedienung beim großen Bräu im Nachbarort an, der dringend eine solche Hilfe suchte. Hier lernte sie nicht nur gut kochen, sondern allerlei Leute kennen, wie Großbauern, aufdringliche Bauernsöhne, arme Kleinhäusler, aber auch eine Wirtin, zu der sie sehr schnell vollstes Vertrauen gewann und von der sie vieles lernte. Auch über die Stammgäste erfuhr sie gar einiges, was ihr manches Mal sehr von Nutzen war. Sehr bald hatte sie herausgefunden, was es mit den Burschen auf sich hatte, denen von ihren Vätern längst schon eine zukünftige Braut auserkoren war. Denn immer noch zählte bei den Großbauern nur dasjenige, was eine Hochzeiterin an Mitgift auf den Hof einbrachte. Liebe zählte hier nicht. Gerade jene Söhne aber waren es, vor denen sich jedes ehrbare Weib in Acht nehmen musste.

Aber hin und wieder saß einer im Wirtshaus, der die Andrea immer mehr zum Glühen brachte, wenn sie ihn sah. Er saß stets abseits in einer Ecke und war meist alleine. Er trank immer nur eine Maß Bier. Vor dieser saß er oft nahe bei zwei Stunden lang. Manchmal saßen noch zwei Freunde von ihm mit am Tisch, die wohl ähnlich arm waren wie er. Oft hatte Andrea den Eindruck, dass er etwas traurig schien. Auch fiel ihr auf, dass er nie gleich nach der Kirche erschien, sondern erst, nachdem die Bauernburschen das Wirtshaus verlassen hatten und vielleicht nur noch einige Großbauern beisammen saßen. Natürlich wusste sie auch, dass am Tisch von einem Großbauern nie ein Kleinbauer oder gar ein Häusler etwas verloren hatte.

Der Wirtin war nicht entgangen, dass die Andrea verdächtig oft aus dem Guckfenster der Küche hinausschaute in den Gastraum, wenn jener einsame Bursche dort saß. Obwohl ein ausgeprägtes Vertrauen bestand und Andrea mit der Wirtin längst per „du" war, getraute sie sich nicht zu fragen nach dem Burschen dort draußen. Aber die Wirtin ahnte schon seit längerem, was sie beschäftigte und so begann sie, die Andrea behutsam über diesen Gast aufzuklären. Das tat sie sehr geschickt, indem sie, als der Bursche wieder in der Gaststube auftauchte, die Andrea beauftragte, ihm eine Maß Bier hinzustellen, wozu Andrea bisher nie Gelegenheit hatte. Nachdem sie ihm mit glühenden Wangen und klopfendem Herzen das Bier hingestellt hatte, eilte sie zurück zur Wirtin.

Als wäre sie mit einem Male erwachsen geworden, war sie jetzt von einem wunderbaren Ernst umhüllt und sie wusste nicht, ob vor glücklicher Fülle eines wahren Traumes oder vor der Unruhe dieses Glückes.

„Er heißt übrigens Andreas und ist ein hochanständiger und braver Bursche, der im Krieg seinen Vater verloren hat und mit seiner Mutter einen sehr kleinen Hof bewirtschaftet. Er ist ein typischer Kleinbauer, denn er hat nur eine Kuh im Stall, drei Ziegen, ein paar Gänse und Hühner mit Hahn", erzählte sie der sichtlich aufhorchenden Andrea.

Bei den letzten Worten der Wirtin verspürte sie einen Stich in ihrem Herzen und fasste sich an die Brust, wo sie immer noch ihr kleines Täschchen um den Hals trug, das ihr mit seinem Inhalt längst zum Talisman geworden war und das sie nur zum Schlafen ablegte. Leise für sich wiederholte sie langsam: „Eine Kuh, drei Ziegen, ein paar Gänse und Hühner mit Hahn."

So leise sie auch sprach, die Wirtin hörte das und wunderte sich, weil die Andrea jedes Wort beinahe andächtig aussprach und dabei den Blick wie in die weite Ferne richtete und wollte sie gerade fragen, warum sie das wiederholte. Aber Andrea kam ihr zuvor und fragte ihrerseits: „Maria, kannst du mir sagen, wie ich den Andreas näher kennen lernen kann, ohne dass es aufdringlich wirkt?"

Nach kurzer Überlegung sagte sie: „Nichts einfacher als das. Wenn du noch vier Wochen warten kannst, da feiern wir auf dem Dorfplatz vor unserem Wirtshaus Kirchweih, dann wird das ohne Problem möglich sein."

„Und wenn er mich aber nicht zum Tanzen auffordert, was mach ich dann? Es gibt doch bei einem Kirchweihfest keine Damenwahl, soviel ich weiß."

„Da hast du Recht Andrea, die gibt es nicht. Aber das ist eine ausgezeichnete Idee. Ich werde dafür sorgen, dass diesmal Damenwahl stattfindet. Da werden sie schauen, diese stolzen Herren Bauernsöhne", feixte die Wirtin fröhlich, und Andrea zeigte sich voll zufrieden mit dieser Aussicht und so fieberte sie ungeduldig dem Kirchweihfest entgegen.

Einige Tage nach diesem Gespräch erhielt Andrea einen Brief, den sie mit zitternden Händen öffnete, denn bei ihrem letzten Besuch hatte sie sich schweren Herzens und in großer Sorge von ihrer Mena verabschiedet, die sich in einem schlechten Gesundheitszustand befand. Außerdem war der Absender des Briefes ein Notar, was ihr einen Schrecken einjagte. Im Brief las sie dann, dass sie der Notar bat, ihn aufzusuchen wegen des Erbnachlasses von Frau Philomena Möllner.

Nachdem ihr der Notar das Testament eröffnet hatte, war Andrea einer Ohnmacht nahe und konnte kein Wort sagen. Der Notar reichte ihr ein Glas Wasser und sagte, nachdem sich Andrea wieder etwas erholt hatte: „Frau Möllner muss Sie sehr geliebt haben, denn sie hat ihnen fast ihr gesamtes Vermögen vermacht."

Andrea konnte ihr Glück trotz des Schmerzes kaum fassen, da sich auch viel bares Geld in der Erbmasse befand, das nach der überstandenen Inflation wieder ihren Wert besaß. Noch überwog die Trauer und während der Beerdigung musste sie sogar von ihr völlig fremden Menschen gestützt werden.
Vollkommen niedergeschlagen kehrte sie wieder zurück zu ihrer Arbeitsstäte, wo sie Trost bei der Wirtin fand. Aber für die nächste Zeit verlor Andrea all ihre kindlich erfrischende Fröhlichkeit und schaute bisweilen gerade so traurig drein wie der Andreas, der sich immer mehr hingezogen fühlt zur Andrea. Aber sich dessen bewusst, ein armer Schlucker zu sein, seufzte er tief betrübt: „Dieses Mädchen wird wohl für immer und ewig ein Traum bleiben für mich."

Das Kirchweihfest rückte näher. Als nur noch zwei Tage bis dorthin waren, hellte sich das Gesicht von Andrea langsam wieder auf und sie konnte vor Aufregung nachts kaum noch schlafen. Endlich war es so weit. Alles, was in dem Dorf Beine hatte, traf sich auf dem Dorfplatz vor dem Bräu zum großen Fest. Der Wirtin war es gelungen, für die paar Tage einige Aushilfskräfte zu gewinnen. Andrea dagegen war von ihrer Arbeit befreit und durfte sich ganz als Gast fühlen.
Schon während der kirchlichen Feierlichkeit sahen sich viele der Bauernburschen nach möglichen Tanzpartnerinnen um. Und als die Musikkapelle zum ersten Tanz aufspielte, stürzten fünf, sechs und dann gar sieben Burschen auf die Andrea zu und behinderten sich gegenseitig dermaßen, dass sie allesamt unrühmlich zu Boden fielen, was bei den übrigen Gäste große Heiterkeit und schadenfrohes Gelächter auslöste. Das Durcheinander nutzte Andrea geschickt und entwich schnell den

Blicken dieser Burschen, die sichtlich belämmert Ausschau hielten nach ihr. Auch die Wirtin amüsierte sich köstlich und bewunderte die Reaktion von Andrea. Dann wandte sie sich an sie und sagte ihr, dass der nächste Tanz Damenwahl sein würde und dass sie sich schon mal in die Nähe von Andreas begeben solle. Gleich beim ersten Takt stand sie vor dem völlig verdatterten Andreas und forderte ihn zum Tanz auf. Ihm blieb fast das Herz stehen, sah er doch, wie elegant sie diese reichen Bauernburschen hat abblitzen lassen, und plötzlich steht das Mädchen vor ihm, von dem er bisher nur träumen konnte. Jetzt schlug ihm sein Herz bis zum Hals hinauf, was der Andrea nicht entging. Doch sie nahm ihn schnell bei der Hand und führte ihn hinauf zum Tanzpodium. Drei lange Tanzrunden waren es, die die Wirtin mit der Musikkapelle abgemacht hatte und dem Andreas kamen sie wie im Traum und letztlich viel zu kurz vor. Andrea begleitete ihn an seinen Tisch zurück und als er sie bat, ob sie nicht bei ihm am Tisch Platz nehmen wolle, an dem er mit seinen beiden Freunden saß, da erschrak er über seinen eigenen Mut. Doch die Andrea hat die Frage erwartet und nahm sein Angebot natürlich sehr gerne an. Andreas stellte ihr seine Freunde vor, die sich sichtlich freuten, dass jetzt so ein hübsches und junges Mädchen bei ihnen am Tisch saß. Die Andrea wiederum stellte fest, wie früher schon in der Gaststube, dass sie alle drei sehr mäßig dem Bier zusprachen. Die reichen Bauern dagegen und besonders deren Söhne ließen es ordentlich krachen, denn Geld spielte bei ihnen keine große Rolle, zumal an einem Festtag wie diesem. „Da müsste sich doch etwas machen lassen", sagte sich Andrea. Aber sie saß in einer Zwickmühle, denn es war ihr den herrschenden Sitten gemäß nicht möglich, die drei am

Tisch freizuhalten und zum andern konnte sie nicht erwarten, von armen Burschen eingeladen zu werden, zumal sie selber ja auch essen und trinken wollte und dann womöglich zuschauen musste, wie die anderen darbten und ihre letzten Pfennige zusammenkratzen mussten. Guter Rat war da teuer und den suchte sie bei der Wirtin einzuholen. Doch ihr fiel spontan nichts ein. Deshalb unterbreitete Andrea nach kurzer Überlegung selber einen Vorschlag: „Wie wäre es, wenn ich dir einen Geldbetrag überlasse, mit dem du meine drei Freunden am Tisch versorgen kannst und die anderen paar armen Leute auch gleich mit? Damit wäre nicht nur den armen Schluckern geholfen. Ich wäre aus dem Schneider und du selber hättest auch ein wenig mehr Einnahmen. Du kannst ja, wenn notwendig, von einem anonymen Spender reden.“
Die Wirtin staunte über den Vorschlag von Andrea und beide einigten sich darauf.
„Aber du musst dem Andreas möglichst bald von deiner Erbschaft erzählen, denn wenn er genauso stolz ist wie das sein Vater war, dann könnte er sich selber im Wege stehen, was eure beginnende Beziehung anbelangt. Du wirst sicher bald seine Mutter kennen- und schätzen lernen. Sie ist eine außergewöhnlich nette und verständnisvolle Frau. Schenk ihr sofort reinen Wein ein!“
Wieder zurück am Tisch sagte sie zum Andreas: „Damit mich von den Bauernlümmeln dort drüben keiner zum Tanz holen kann, sollten mich ruhig auch mal deine Freunde auffordern, wenn sie mögen.“
Die beiden bekamen das natürlich mit und so freuten sie sich riesig, denn sie hatten nie und nimmer damit gerechnet, dass ausgerechnet ihnen, den Habenichtse, von einem hübschen

Mädchen Tänze angeboten werden. Aber sie freuten sich auch ehrlich für den Andreas, dem ein solches Glück zugeflogen war. Und so wurde das auch für sie die schönste Kirchweih, die sie je erlebt hatten und vielleicht nie wieder erleben würden. Da ein Kirchweihfest in den Dörfern meist drei Tage lang dauert, saßen am nächsten Tag auch die drei Freunde wieder mit ihrer Tanzpartnerin zusammen an einem Tisch. Um einer möglichen Frage nach dem edlen Spender aus dem Weg zu gehen, sagte die Wirtin zu den betreffenden Leuten: „Esst und trinkt und erzählt es nicht herum, es geht alles aufs Haus.“

Auch den reichen Bauernburschen fiel einiges auf und sie zerrissen sich das Maul darüber, ob die da drüben am Tisch nicht etwa gar vom Himmel ernährt würden.

Das Fest näherte sich dem Ende zu und Andrea fragte den Andreas in einer ruhigen Minute, ob er ihr nicht seinen Hof zeigen wolle. Der aber blickte beschämt zu Boden und sagte: „Ich habe ja eigentlich keinen Hof, einen kleinen vielleicht, ich habe nur ...“ sofort fiel ihm Andrea ins Wort und ergänzte: „eine Kuh, drei Ziegen, ein paar Gänse und Hühner mit Hahn.“ Andreas schluckte und stotterte verstört: „Wo, woher weißt du das?“

Anstelle einer Antwort nahm Andrea ihr kleines Täschchen vom Hals und sagte zu ihm: „Halte deine Hand auf!“

Andrea schüttelte ihm die winzigen Tierchen und den kleinen Bauern auf die Hand. Neugierig betrachtete er, was sich da in seiner Hand befand und er wusste nicht, was sie ihm damit sagen und aufzeigen wollte. Endlich zählte er leise vor sich hin: „Eine Kuh, drei Ziegen, zwölf Gänse und ein Dutzend Hühner mit Hahn...“

„... und ein Bauer“, ergänzte Andrea und lächelte verschmitzt.

Er starrte lange darauf, bis er schließlich erstaunt aufsah, ungläubig den Kopf schüttelte und wiederum stotterte: „Aber, aber, das gibt es doch nicht, wo, wo hast du denn diese Tierchen her, wie ich sie genau in dieser Zahl im Stall habe? Bis vor kurzem habe ich noch eine zweite Kuh besessen, die ich leider verkaufen musste. Sogar die Anzahl der Gänse stimmt. Ich verstehe das nicht, woher weißt du das?"

„Die Tierchen habe ich schon seit meinem zweiten Lebensjahr, aber das ist eine lange Geschichte, die ich dir ein andermal erzähle", sagte Andrea. „Jetzt hätte ich halt gerne gesehen, wie meine Tierchen lebendig aussehen", lachte sie fröhlich. Dann nahm Andreas sie bei der Hand und führte sie heim zu sich auf den kleinen Hof.

Sie waren sich längst einig, aber trotzdem fragte Andreas ein wenig unsicher und von einigen Zweifeln geplagt und bang seine Angebetete vor der Haustüre: „Willst du wirklich einen Habenichts zu deinem Ehemann haben?"

Doch Andrea sagte mit fester Stimme: „Ja, Andreas, ich will!" Dann traten sie in die kleine Wohnstube hinein, wo Andreas seiner Mutter überglücklich seine Braut vorstellte. Andrea empfand diese Frau, die sich ihr gegenüber gleich als Gudrun vorstellte und erst 39 Jahre alt war, auf Anhieb als überaus sympathisch. Ihr Sohn zählte 21 Jahre und Andrea war jetzt 18 Jahre alt. Gudrun strahlte und sagte: „Andrea und Andreas, dieser Zweiklang eurer Namen – ein Zufall? Vielleicht eine Schicksalsfügung, oder steckt etwa gar ein anderes Geheimnis dahinter, das euch beide zusammengeführt hat?"

Andrea zeigte sich nicht einmal überrascht bei den Worten, denn sie selber war felsenfest davon überzeugt, dass es in der Tat die winzigen Tierchen in ihrem Täschchen waren, die sie zu Andreas führten. Als Andrea auf Bitten von Gudrun und ihrem Sohn ihren bisherigen Lebensweg erzählen musste, da lauschten sie beide teilnahmsvoll und ergriffen. Während sich die Mutter das eine und andere Mal Tränen des Mitgefühls aus dem Gesicht wischen musste, umfasste ihr Sohn seine Andrea zärtlich. Von ihrer Erbschaft allerdings wagte Andrea nichts zu erwähnen. Davon wollte sie Gudrun später unter vier Augen erzählen, weil ihr das Wort von der Wirtin Maria, das sich auf das stolze Wesen von Andreas bezog, nicht aus dem Sinn ging.

Die Mutter umarmte Andrea und sagte mit warmer Stimme: „Willkommen daheim, liebste Andrea." Und weiter sagte sie bedauernd: „Du weißt aber, dass wir arme Leute sind, und du wolltest doch eine gescheite, keine dumme Bäuerin werden. Wir haben ja nur einen sehr kleinen Hof.“

„Das muss ja nicht so bleiben“, meinte Andrea, „ich verlasse mich fest auf meinen Talisman.“

Doch Andreas erwiderte verbittert: „Aber liebster Schatz, selbst unsere Hochzeitsfeier wird eine sehr magere werden.“

„Weißt du nicht“, lächelte Andrea verschmitzt, „dass die Hochzeit nach altem Brauch immer vom Vater der Braut ausgerichtet wird und die Hochzeiterin vor allem eine Mitgift mit einzubringen hat?“

„Aber du hast doch gar keinen Vater“, erwiderte Andreas und zog seine Stirn in Falten.

„Das zwar nicht, aber Braut bleibt trotzdem Braut“, sagte sie beinahe etwas trotzig. Das verstand der Andreas jetzt wirklich nicht und auch seine Mutter konnte damit nichts anfangen, und so lächelte sie nur und sagte scherzhaft: „Hast du in der Lotterie gewonnen oder vielleicht gar eine große Erbschaft gemacht?“

Da zuckte Andrea gewaltig zusammen und wurde blass im Gesicht. Im Gegensatz zu Andreas bemerkte das seine Mutter sofort und zuckte ihrerseits erschrocken zusammen.

Glücklicherweise ergab sich für Andrea noch am gleichen Tag die Gelegenheit, mit Gudrun unter vier Augen sprechen zu können, wobei sie ihr über Umfang und Grund der Erbschaft ausführlich erzählte. Gudrun erschrak und sie schien sogar etwas traurig, als sie nach einer Weile trotz dieser doch frohen Botschaft sagte: „Mir wird bang, denn ich fürchte, der Andreas könnte wegen seines ungebändigten Stolzes ins Stolpern geraten, ich kenne ihn nur zu gut. So war auch schon sein Vater.“ Dann erzählte sie der Andrea, wie der Stolz ihres später im Krieg gefallenen Mannes anlässlich ihrer Hochzeit eine Vergrößerung ihres Hofes verhinderte. Gudrun war als junges Mädchen als Magd bei einem Bauern im Nachbarort beschäftigt, der sie einem seiner Söhne als Braut versprochen hatte, und die beiden liebten sich auch. Doch diesen Sohn, wie auch seinen zweiten, verlor der Bauer durch den Krieg. Weil ihm aber die Gudrun, die er nur allzu gerne als seine Schwiegertochter gesehen hätte, so unendlich leid tat, wollte er ihr für ihren weiteren Lebensweg eine großzügige finanzielle Hilfe anbieten. Aber der Mann, den sie schließlich heiratete, also Andreas` Vater, lehnte jegliche Hilfe aus krankhaftem Stolz vehement ab.

Andrea hörte dieser Geschichte mit einem düsteren Gefühl im Herzen zu. Soll jetzt Ähnliches geschehen, wie das damals mit Gudrun geschah, die letztlich aus Liebe zu ihrem Mann auf die fremde Hilfe verzichtete? Aber wie sagte Andrea einst, als sie ein kleines Mädchen war? „Ich möchte eine Bäuerin werden, aber eine gescheite, eine richtige und keine dumme!"

Nach der Erzählung Gudruns vermutete Andrea sofort, dass es sich bei dem Bauern um denselben handeln könnte, bei dem sie zuletzt im Dienst stand und auf dessen Hof auch sie einheiraten sollte.

Natürlich war Gudrun bereit, auf ihren ehrbewussten und arg mit Stolz belasteten Sohn einzuwirken. Deshalb saßen die beiden Frauen jetzt oft beisammen, um sich zu beraten. Sie waren sich einig darin, den Andreas schnellstmöglich über die Erbschaft einzuweihen. Auch sprachen sie darüber, wie sie den kleinen Hof ausbauen könnten und ebenso über die Hochzeit, die bald stattfinden sollte. Aber das vorhandene Grundstück war zu klein für einen größeren Ausbau.

Manchmal spielt der Zufall eine Rolle, und solch einer fiel der Andrea zu. Der Bauer, der sie gerne als Schwiegertochter für seinen Ziehsohn gesehen hätte, hatte vor, seinen Hof aufzugeben, um als Privatier in die Stadt zu ziehen, weil Helmut den Hof nicht übernehmen wollte. Auch suchte er für seinen Knecht Benedikt, der ihm in schwerster Zeit treu zur Seite stand und seinen beiden im Krieg gefallenen Söhnen der beste Freund war, als Dank ein kleines Anwesen, das er ohne weitere Hilfe alleine bewirtschaften könnte. Das alles erfuhr die Andrea, weil sie immer noch etwas Kontakt pflegte zu dem Bauern. Sie konnte es kaum fassen, was für ein Glück ihr da zugespielt wurde, denn der Bauer hörte ihrem Vorschlag mit dem größten Interesse zu und versprach, zunächst nicht mit dem Sohn, sondern mit dessen Mutter zu verhandeln.

Nachdem sie Gudrun in ihren Plan eingeweiht hatte, meinte Andrea ferner: „Jetzt sollten wir Andreas aufklären, wovor ich aber richtig Angst habe.“

„Das lass nur meine Sorge sein“, meinte Gudrun selbstsicher. Anderntags saßen sie alle drei in der Wohnstube bei einem Gläschen Wein zusammen, und als die zwei Frauen von einem größeren Hof sprachen, den sie sich gerne wünschten und sich dabei immer mehr in eine konkrete Vorstellung hineinsteigerten, lächelte Andreas und sagte: „Wünschen kann man sich alles, aber das ist wie mit schönen Träumen, die gehen auch nicht in Erfüllung.“

„Mein Sohn, kannst du dich noch erinnern, als du ein kleiner Bub warst und jahrelang ständig von einem eigenen großen Bauernhof geträumt und gesagt hast, irgendwann wird mein Traum zur Wirklichkeit werden? Hast du deinen Traum aufgegeben oder lebt er noch in dir?“

„Ach Mama, ich bin doch jetzt erwachsen und weiß, dass Träume nur Schäume sind.“

„Du weißt doch, was uns Andrea aus ihrem bewegten Leben erzählt hat. Schon als kleines Kind hatte sie davon geträumt, einmal eine richtige Bäuerin werden zu wollen, und jetzt steht sie kurz davor, aber etwas dazu fehlt noch.“

„Ich weiß, unser Hof ist leider kein richtiger Bauernhof!“

„Das meinte ich nicht“, fuhr seine Mutter fort. „Es ist seit jeher Brauch und Sitte, dass eine Braut, die in einen Hof einzieht, eine Mitgift einbringt. Ist es nicht so, mein Sohn?“

„Aber Mama, was redest du da? Nein Mama! Unser Hof ist viel zu klein, da kann doch keine Mitgift verlangt werden. Außerdem liebe ich meine Andrea wie sie ist!“

„Wirklich wie sie ist, mein Sohn“, sagte die Mutter, wobei sie jedes einzelne Wort betonte. „Was würdest du sagen, wenn die Andrea tatsächlich eine nicht unbeträchtliche Mitgift einbrächte? Wäre sie für dich dann auch noch so, wie du sie jetzt siehst, oder würdest du deine Ansicht über sie ändern? Du hast vor ein paar Tagen leider das erschrockene Gesicht von Andrea nicht bemerkt, als ich sie fragte, ob sie etwa in der Lotterie gewonnen oder eine große Erbschaft gemacht hätte. Aber aus Angst davor, dich zu verlieren, hat sie auf meine nicht wirklich ernst gemeinte Frage geschwiegen, aber jetzt, mein geliebter Sohn, jetzt...“

An dieser Stelle unterbrach sie, denn vor der Tür stand plötzlich der ehemalige Bauer von Andrea. Es herrschte ein Moment völliger Überraschung, dann fielen sich zwei Menschen vor seliger Freude in die Arme. Es waren der Bauer und die Gudrun. Vor gut zwanzig Jahren sahen sie sich das letzte Mal, ehe der Krieg all ihre Hoffnungen zerstörte. Während sich

Andrea in ihrer Vermutung bestätigt sah und sich über das Wiedersehen der beiden richtig freute, weil sie davon ausging, dass jetzt alles gut werden würde, konnte sich der Andreas nur wundern, und als der Bauer auch die Andrea wie eine alte Bekannte auf die herzlichste Weise begrüßte und sie gar umarmte, setzte bei Andreas jeder Denkvorgang aus, zumal seine Mutter und der Bauer, der ihn kurz mit Handschlag begrüßte, jetzt unversehens die Wohnstube verließen. Die Zeit ihrer Abwesenheit nutzte Andrea, um den ahnungslosen Andreas wenigstens darüber aufzuklären, warum sich seine Mutter und der Bauer so gut kannten.

Der Bauer schaute sich in dem kleinen Anwesen interessiert um, fackelte nicht lange und fragte die Besitzerin: „Gudrun, was willst du haben dafür?"
Überrascht von der plötzlichen Frage nannte sie einen Preis, vor dem sie selber erschrak. Sie setzte ihn deshalb so hoch an, damit ein genügender Spielraum für einen nach ihrer Meinung sicher folgenden Handel möglich wäre, wie das ja bei solchen Geschäften üblich ist. Aber der Bauer überlegte keine Sekunde und sagte kurz entschlossen: „Gilt, schlag ein!"
Nachdem er das ungläubig dreinschauende Gesicht Gudruns bemerkte, die zu keinem Wort fähig war, klärte er sie über sein Vorhaben gründlich auf und fügte hinzu: „Meine Wirtschafterin, die sonst auf der Straße stehen würde, wird meinem Freund Benedikt den Haushalt auf diesem Hof führen. Außerdem will ich ihm zwei Kühe und drei Schweine von meiner Herde dazustellen. Ich sehe, dass dafür ausreichend Platz vorhanden ist. In den nächsten Tagen schon will ich in meinen Alterssitz in der Stadt drinnen einziehen. Was meinen

Hof anbelangt, so bin ich, wie du ja weißt, mit Andrea handelseinig. Ihr könntet also meinethalben sofort auf den Hof einziehen. Auf meinen Fischweiher allerdings verzichtet Andrea zugunsten von Benedikt, für den die Fischerei immer schon seine große Leidenschaft gewesen ist."

Am Ende seiner ausführlichen Erklärungen fügte der Bauer hinzu: „Ich sehe, wir beide und die Andrea stimmen völlig überein, aber dein Sohn halt!"

„Stimmt, der übertriebene Stolz meines Sohnes liegt mir und Andrea sehr im Magen, den hat er von seinem Vater selig."

„Genau, und was damals aus Stolz verhindert wurde, sollte sich nicht wiederholen, dafür will ich sorgen. Außerdem möchte ich nachholen, was dein Mann damals ausgeschlagen hat, deshalb habe ich auch um den Preis für deinen Hof nicht gefeilscht, verstehst du?"

Wieder in die Stube zurückgekehrt, blickten Andreas und die Andrea neugierig und mit Spannung auf die Eintretenden. Aber die beiden mussten nicht lange warten, denn der Bauer wandte sich sofort dem Andreas zu und sprach: „Du und die Andrea seid ein Glücksfall, der nur wenigen vergönnt ist. Glück fragt man nicht, wo es herkommt, sondern hält es fest und bringt es in seinem Herzen unter, sonst verfliegt es wie ein unerfüllter Traum. Deine Mutter und die Andrea, die zwei Liebsten in deinem Leben, mussten aus Angst davor, dass du dein Glück von dir stoßen könntest, hilflos und bang in ihren Herzen etwas verschweigen, das du heute mit einer umso größeren Freude aufnehmen solltest. Deine Andrea ist wegen ihrer überaus großen Hilfsbereitschaft mit einer Erbschaft belohnt worden. Jedes andere Weib in ihrem Alter hätte sich vielleicht ein lustvolles und bequemes Leben damit gemacht.

Nicht aber die anständige Andrea, und nicht mit einer Faser ihres Herzens dachte sie an solches. In meinem eigenen Leben ist mir das Glück zweimal verwehrt worden, ein drittes Mal soll es nicht mehr geschehen. Wie einst deine Mutter, die bei mir als Magd diente und einheiraten sollte, wobei aber grauenvolle Umstände nicht mitspielen wollten, so hätte ich auch dieses liebe Geschöpf, deine Andrea, nur allzu gerne als meine Schwiegertochter für meinen Ziehsohn gehabt, aber auf ihrem langen Weg, auf dem sie manches Schicksal erdulden musste und dabei alle Widrigkeiten tapfer ertrug, hat sie sehnsüchtig auf ihre wahre Liebe gehofft – und diese steht jetzt vor.“

Der Bauer beendete seine Ansprache an Andreas, denn er sah, wie den beiden Frauen das Wasser in die Augen trat. Und wie geschah dem Andreas? Während seine Augen verdunkelt und nahezu verschüchtert an den Worten des Bauern hingen, hat das Herz bereits die Wahrheit erkannt. Dann begannen seine Augen zu glänzen wie die vom Wind gekräuselte Oberfläche des Meeres. Ja, sie lächelten sogar unbewusst, ganz für sich nur und verhalten. Und als die Andrea auf ihn zuging und ihm zuflüsterte: „Eine Kuh, drei Ziegen, ein paar Gänse und Hühner mit Hahn haben mich treu begleitet und geführt auf all meinen Wegen“, brachte Andreas kein Wort hervor, da ihm die Stimme versagte. Aber ein einziehender seelischer Taumel veredelte sein Inneres, und so umfasste er mit den Armen diesen vor ihm stehenden Traum, um ihn mit dem seinigen auf immer zu verbinden.

... und morgen ist Sonntag

Rüdiger und Hannelore wohnen ziemlich weit außerhalb der großen Stadt. Eigentlich müsste man sagen, sie residieren dort, denn sie nennen eine große, prächtige Villa ihr Eigen. Das Haus ist herrschaftlich und prunkvoll eingerichtet. Auch Zimmer für Personal und Gäste sind vorhanden. Sie beschäftigen eine Haushälterin sowie ein Dienstmädchen. Wöchentlich zweimal pflegt ein Gärtner das riesige Grundstück, auf dem sich neben heimischen Pflanzenarten viele exotische Ziergewächse befinden. In der Garage stehen zwei Limousinen der Oberklasse, ein schickes Cabriolet sowie eine kultische Harley-Davidson und seltsamerweise ein altes Herrenfahrrad, das gar nicht recht zu all dem Luxus passen mag.

Rüdiger und Hannelore sind beruflich sehr erfolgreich und üben hoch dotierte Tätigkeiten aus. Rüdiger betreibt einen sehr gut gehenden Schmuckhandel und ist in der Branche gut vernetzt, und seine Frau ist leitende Ingenieurin in einer Forschungsanstalt für angewandte Physik und lehrt gelegentlich als Gastdozentin an einer Hochschule.

Das Paar ist kinderlos und seit acht Jahren miteinander verheiratet. Im Gegensatz zu seiner Frau hätte Rüdiger gerne Kinder gehabt, aber aus seiner überaus großen Liebe zu ihr ist er von Anfang an schon ihrem Wunsch nachgekommen, auf Kinder zu verzichten. Die daraus gewonnene Freiheit und vor allem Freizeit schätzt und genießt die mittlerweile 42jährige Hannelore sehr.

Von ihrer Herkunft und in ihren Auffassungen über den Lebenssinn unterscheiden sich die beiden außerordentlich. Während Hannelore als Einzelkind aus einer Pastorenfamilie stammt und schon bald nach dem Verlassen ihres Elternhauses aus der Kirche ausgetreten war, wuchs Rüdiger in einer kinderreichen Bauernfamilie nach streng katholischer Tradition auf, in der das tägliche Gebet zum Alltag gehörte und der sonntägliche Kirchgang eine Selbstverständlichkeit war.

Trotz dieser doch recht unterschiedlichen Konstellationen gewähren sich die beiden in ihren privaten Gewohnheiten weitgehenden Freiraum. In Glaubensfragen allerdings bestehen extrem unterschiedliche Auffassungen, was besonders Rüdiger schmerzt.

Hannelore ist ein ausgesprochenes Kind der Großstadt. Das Leben hier auf dem Land behagt ihr nicht besonders und sie ist sogar vollkommen unbeeindruckt von der malerischen Schönheit der Natur vor ihrer Haustür. Ihr fehlt einfach das pulsierende Leben und Treiben in einer Stadt. Aus diesem Grunde fährt sie recht häufig mit dem Cabriolet nach Augsburg oder München, wo ihre Seele materiellen Wohlgefallen findet. Dort sind es zumeist Boutiquen mit teurer Modeware und andere exklusive Läden, die sie aufsucht. Gerne trifft sie sich auch mit anderen Damen aus der Oberschicht in vornehmen Cafés und lädt sie auch gerne mal zu sich nach Hause ein, was Rüdiger zur Flucht treibt, denn Gesellschaft dieser Art mag er gar nicht leiden.

Die Gegend, in der Rüdiger und Hannelore wohnen, ist eine landschaftlich sehr reizvolle. An das weitläufige Grundstück grenzt ein Weiher, der an den Ufern mit gelben Wasserlilien, der sehr seltenen blauen Sibirischen Lilie sowie mit Röhricht und Gebüsch bewachsen ist. Auf dem Wasser schwimmen bunte Seerosen. Hinter dem Weiher beginnt ein Waldstück, das etwa 40 Hektar groß sein mag. Der Wald gehört einer adeligen Familie, die ihn nicht bewirtschaftet. Auch der Weiher ist sich selbst überlassen, und so bildet er zusammen mit dem Wald ein naturbelassenes Biotop, das eine reichhaltige und vielfältige Tier- und Pflanzenwelt beherbergt. Durch den Wald führen lediglich schmale Pfade, auf denen kaum ein fremder Mensch anzutreffen ist. Dieses Idyll ist ein wichtiger Teil in Rüdigers Welt. Den Wald durchstreift er nur allzu gern, wo er in aller Stille die kleinen Wunder der Natur genießen und seiner Seele den notwendigen Ausgleich zu seinem beruflichen Stress verschaffen kann.

Einen anderen Ausgleich findet er dort, wo er mit einfachen Menschen zusammentrifft, nämlich beim Kartenspiel in der Bauernwirtschaft eines in der Nähe liegenden Dorfes. Dort darf auch er ein normaler Mensch sein und er genießt das mit kindlicher Freude. Natürlich fährt er da weder mit dem Auto noch mit seiner Harley-Davidson vor, sondern benutzt sein altes Fahrrad. Niemand von den Leuten weiß, wer oder was er ist, und das taugt ihm sehr. Dort fühlt er sich als einer von ihnen, da er doch selber aus der Landwirtschaft stammt. Er hätte ja eigentlich den elterlichen Hof übernehmen sollen, aber seine herausragenden schulischen Leistungen und das Drängen seiner Lehrer – er war ein Einserschüler – führten ihn schließlich aufs Gymnasium. Anschließend studierte er an einer Hochschule Betriebswirtschaft. In das in der naheliegenden Kreisstadt befindliche Gymnasium fuhr er einst vom Bauernhof aus jahrelang mit einem Fahrrad, das er damals von seinem Vater geschenkt bekam und das heute noch in seiner Garage steht.

In welchen Kreisen Rüdiger auch immer verkehrt, in seiner Kleidung gibt er sich sehr angepasst. Besonders auch, wenn er sich auf seiner Harley-Davidson mit Gleichgesinnten zu gelegentlichen Ausfahrten trifft. Eine alte Lederjacke mit Fransen an den Ärmeln und auf dem Kopf einen urigen Schutzhelm, so fährt er zusammen mit ihnen durch die Landschaft oder auch zu Zusammenkünften, wo die Fans dieser Motorradmarke oft von weit her anreisen und sich in ihrem Hobby austauschen. Hannelore sieht das alles zwiespältig, besonders was seine Bekleidung anbelangt, doch direkt angesprochen hat sie ihren Mann noch nie. Aber eines Tages war Rüdigers alte und abgegriffene Bibel verschwunden. Das schmerzte ihn, weil er sie seit seiner Kindheit besaß. Sie war ein Geschenk seines Firmpaten. Um einem Streit aus dem Weg zu gehen, kaufte er sich eine neue und versteckte sie.

Schon kurz nachdem seine Frau die alte Bibel entsorgt hatte, sprach sie ihn an, wann er denn endlich gedenke, aus der Kirche auszutreten. Dieses Ansinnen hatte sie ihm schon mehrfach angetragen. Dabei hat er ihr zuliebe sogar schon seine Kirchenbesuche weitgehend eingeschränkt, weil sie ihn auch damit quälte. Manchmal stiehlt er sich sonntags am Morgen regelrecht davon, um, wie er sagt, „nur eine kurze Spazierfahrt zu unternehmen." In Wahrheit fährt er in die nahe Kreisstadt, um dort die Messe in einer Kirche zu besuchen. Dabei beschleicht ihn jedes Mal das Gefühl, als sollte er auch gleich beichten, weil er doch seine Frau belügt. Seine große Liebe zu ihr treibt ihn in eine wahre Zwickmühle, aus der er sich nicht befreien kann oder will. Um sich von jeglicher Lüge ihr gegenüber zu befreien, nimmt er sich vor, ab sofort gar nicht mehr in die Kirche zu gehen. In *einer* Sache aber bleibt er sich treu: aus der Kirche will er unter gar keinen Umständen austreten, und sein tägliches Gebet verrichtet er auch, wenn auch nur im Bett vor dem Einschlafen. Das bekommt seine Frau nicht mit, denn er plappert nicht mit dem Mund, sondern still in seinem Herzen, denn das, was ihn in seinem Elternhaus geprägt hat, will er nicht gänzlich verlieren.

Über all diese Dinge denkt er so sehr nach, dass er nicht einmal bemerkt, dass er sich schon tief in seinem geliebten Wald befindet, den er durchwandern will. Er ist völlig in Gedanken versunken und hat nicht einmal ein Auge für die Schönheiten rings umher. Schon den Weiher, an dem er vorbei musste, beachtete er nicht. Und drinnen im Wald bewegt er sich wie automatisch auf den gewohnten Pfaden. Dafür aber stellt er zu seiner Verwunderung fest, wie finster es im Wald ist und dass es zunehmend dunkler wird, je weiter er voranschreitet. Ihm ist gar nicht recht wohl in seiner Haut und so beschließt er, umzukehren. Doch mittlerweile war er am anderen Ende des Waldes ins freie Gelände hinausgelangt, wo ebenfalls tiefe Dunkelheit herrscht. Er überlegt: „War ich denn so lange schon unterwegs, dass ich das Herannahen der Nacht nicht bemerkt habe?" In dem Moment, als er sich wieder dem Wald zuwenden will, um nach Hause zurückzukehren, sieht er in der Ferne einen Lichtpunkt, der sich langsam auf ihn zubewegt. „Ich will abwarten, wer oder was auf mich zukommt", denkt er und stellt fest, dass das Licht stärker wird und es sich offenbar um einen Scheinwerfer zu handeln scheint. „Aha", sagt er sich, „ein Motorrad, gewiss ein Freund von mir mit seiner Harley-Davidson, der mich besuchen kommt. Aber wo fährt denn der? Da führt doch gar kein Weg hierher, da sind doch nur Felder und Wiesen, und warum bleibt der Scheinwerfer so ruhig und ruckelt nicht?"

Das Licht wird jetzt schnell größer und es sieht gar nicht mehr wie ein Scheinwerfer aus. Mit einem Schlag ist es um Rüdiger herum taghell. Befreit atmet er auf und glaubt an eine Sonnenfinsternis, die ihn im Wald überraschte. Doch seine Freude währt nur kurz, denn nach und nach wird es wieder stockdunkel. Rüdiger sieht die Hand vor Augen nicht mehr und will deshalb zurück in den Wald, in dem er sich selbst blind zurechtfinden würde. Aber da ist kein Wald, er findet ihn nicht, oder sieht er ihn vor lauter Bäumen nicht? Rüdiger hastet hilflos umher. Er kennt sich nicht mehr aus. Er schaut hinauf in den Nachthimmel. Kein Stern ist zu sehen, kein Mond, der ihm wenigstens eine Himmelsrichtung aufzeigen könnte. Er gerät in Panik und irrt planlos umher und spürt unter seinen Füßen, wie der Boden zunehmend uneben wird. Immer öfter gerät er ins Stolpern und stürzt ein paar Mal, ehe ihn das Gefühl überkommt, in eine endlose Tiefe zu fallen. Mit großem Schreck stellt er fest, dass er in einer tiefen Grube gelandet ist, aus der er sich ohne fremde Hilfe nicht befreien kann. Das erkennt er sofort, denn hier unten ist es zu seiner Überraschung lange nicht so dunkel wie draußen, wo tiefste Finsternis herrscht. Auf der Suche nach einer Möglichkeit, diesem Gefängnis zu entkommen, stößt er auf eine Öffnung in der steilen Wand, in die er sogleich hineinschlüpft. Das Loch weitet sich zu einer Höhle, in der er aufrecht gehen kann. Die Umrisse der Höhle kann Rüdiger deutlich erkennen und er sieht, dass sie riesige Ausmaße annimmt, er weiter er vorwärts strebt. Ein unangenehmer Geruch dringt in seine Nase. Es riecht nach Verwesung, nach Fäkalien, aber er sieht nichts,

von wo dieser penetrante Gestank ausgehen könnte. Wie aus dem Nichts tauchen plötzlich zwei dicht beieinander liegende röhrenartige Durchlässe auf, zwei Wege, die aus der Höhle herausführen. Es sind dies ein schmaler Durchlass und ein breiter. Er wählt den breiteren Weg, auf dem es zunehmend heller wird, und die Wände links und rechts strahlen in einer Farbenpracht, wie Rüdiger eine solche noch nie erschaut hat. Er geht diesen Weg weiter, der wiederum in eine Höhle führt. Von dieser zweigen gleich mehrere Wege ab mit ebenfalls unterschiedlicher Breite. Auch hier wählt er den breitesten der Wege. Plötzlich hört er Geräusche. Rüdiger kann sie nicht einordnen. Sie klingen sehr dumpf und wie aus weiter Ferne. Mal glaubt er, maschinenähnliche Geräusche zu hören und dann wieder das Rauschen von Wasser. Jedenfalls scheint da etwas zu sein, das auf irgendein Leben hinweist. Voll der Hoffnung geht er den Weg weiter. Dann bleibt er stehen und lauscht angestrengt: „Sind da nicht menschliche Laute?"
Undeutlich vernimmt Rüdiger eine Art von Gebrumme und ein Grummeln, als würde ein Haufen von Menschen gleichzeitig reden. Dann hallt es, als würden Leute in einer Kathedrale singen. Und jetzt vernimmt er ein Stimmengewirr, das sich anhört, als wäre eine Unterhaltung im Gange. Rüdiger fragt sich, ob da nicht gar eine Versammlung stattfindet?
"Egal", denkt er, „die Hauptsache, da sind Menschen." Ja, auf Menschen möchte er jetzt gerne stoßen. Nichts wünscht er sich im Augenblick sehnlicher. Und so setzt er seinen Weg mutig und hoffnungsfroh fort. Aber der Gestank, der Gestank, der wird immer unerträglicher, stellt er fest. Und immer noch kann er sich nicht vorstellen, wovon dieser ausgelöst wird, da er weder einen Unrat sieht noch sonst etwas, das als Quelle in

Frage käme. Der Weg unterdessen wird immer breiter und beginnt sich nach und nach zu einer Höhle auszuweiten. Die Wände werfen ein sehr schmutziges, dunkelrotes Licht zurück, das wenig einladend erscheint. Noch sieht Rüdiger keine Menschen, aber ihre Stimmen kann er jetzt deutlich vernehmen, wenngleich er kein Wort verstehen kann. Für ihn hat es den Eindruck, als würde da gestritten. Plötzlich aber, er kann es nicht fassen, vernimmt er ganz deutlich und unverkennbar eine Stimme aus seinem früheren Freundeskreis – die von Karl – den sie wegen seiner schnarrenden Stimme immer „Feldherr" nannten, und es scheint, als führte der Karl auch hier das große Regiment. „Jetzt wird alles gut", jubelt Rüdiger erleichtert und beginnt zu laufen.

Und dann sieht er sie! Wie angewurzelt bleibt er stehen und es stockt ihm der Atem. „Sind das überhaupt Menschen? Wie sehen die bloß aus?", entfährt es ihm zutiefst erschrocken. „Und wo ist mein Freund Karl? Die sehen ja alle gleich aus!"

Rüdiger sieht sich einer Masse von Gestalten gegenüber, die allesamt umhüllt sind mit grauen und schmutzigen Lappen und Lumpen, die ihnen in Fetzen von ihren ausgezehrten und dürren Körpern herabhängen. Und ihre Gesichter, wenn man sie überhaupt als solche bezeichnen kann, erscheinen unendlich hässlich, verzerrt und schrecklich fratzenhaft. Aber was diese teuflischen Gestalten hier treiben, lässt Rüdiger erstarren. Entsetzen erfasst ihn. Mit Knüppeln und langen Messern bewaffnet, prügeln und stechen sie aufeinander ein. Doch seltsam, niemand von ihnen scheint Schmerzen zu erleiden oder schreit gequält auf. Im Gegenteil; große Lust und Freude scheint ihnen das Gemetzel zu bereiten. Und noch etwas fällt Rüdiger auf. Es befindet sich kein einziges weibliches Wesen unter dieser wilden Horde. Obwohl er von dem Treiben geschockt ist, glaubt er an eine Theaterprobe, die vermutlich wegen der grausamen Szenen weitab von der Öffentlichkeit durchgeführt wird. Zudem weiß er, dass sein Freund Karl immer schon den Wunsch gehabt hat, einmal ein Schauspieler zu werden. Als er aber sieht, wie die Messer tief in die Körper gestoßen und dort umhergedreht werden und dabei aus den Leibern eine rote und breiartige Masse austritt und aus ihren Mäulern Geifer und dicker Saft hervorströmt, lässt er diesen Gedanken schnell wieder fallen. Eine große Angst überkommt ihn und deshalb beschließt er, sich unauffällig zurückzuziehen von dem grässlichen Geschehen, ehe er womöglich erspäht würde. Aber zu seinem Entsetzen stellt er fest, dass er sich kaum bewegen kann. Und als er sieht, wie sich einige der Unwesen zu Boden werfen und sich in dem angesammelten und blutdurchtränkten Brei wälzen, sich damit ihre Gesichter beschmieren und dabei genüsslich grunzen und schmatzen, wird ihm speiübel.

Rüdiger kann nicht mehr und sucht nach einer Lösung für seine Flucht aus dieser Hölle. Nur mit größter Mühe gelingt es ihm, sich umzudrehen. Aber der Weg zurück scheint abgeschnitten, denn rings um ihn herrscht jetzt das gleiche Geschehen. Er sieht sich eingekreist und es gibt keine Lücke, durch die er hätte entweichen können. Verzweifelt hält er Ausschau nach seinem Freund Karl, dessen Stimme er vorhin sehr deutlich und unmissverständlich vernommen hat. Er versucht in den Gesichtern zu lesen, aber die sehen ja alle gleich aus. Stattdessen wird er jetzt von den Teufelsfratzen erspäht, die ihn gierig und mit blutunterlaufenen Augen anstarren. Sie haben aufgehört, sich gegenseitig zu bekämpfen.

Unendlich langsam schleichen sie auf den Eindringling zu und beginnen, den Kreis um Rüdiger zu schließen. Zu keiner Bewegung mehr fähig, schreit er in höchster Verzweiflung: „Karl, Karl, wo bist du, erkennst du mich nicht? Ich bin es doch, dein alter Schulfreund!“ Aber da ist kein Karl, und der Kreis um Rüdiger wird immer enger.

Jetzt läuft in seinem Innersten in Sekundenschnelle ein Film ab über sein bisheriges Leben. Er sieht den schönen Bauernhof, auf dem er eine traumhafte Kindheit erleben durfte und auf dessen Erbe er zugunsten seines jüngeren Bruders verzichtete, weil dieser sehnlichst ein Bauer sein wollte, und er sieht seine lieben Eltern, die ihn in christlicher Tradition erzogen haben, die immer für ihn da waren und ihm schließlich ein Studium finanzierten; er sieht, was er dadurch in seinem Leben erreicht hat, und er sieht schließlich seinen geliebten Wald und den malerischen Weiher nahe bei seinem Haus ...

„Sieht so mein Ende aus?“, stöhnt er gequält auf und sucht verzweifelt nach einer Lösung, aber er hat keine.

Schon holen sie aus mit den Knüppeln zum Schlag und mit den Messern zum Stoß – und dann! – Mit einer Urgewalt presst Rüdiger aus tiefster Brust einen langgezogenen Schrei aus, vor dem er selber erschrickt: „n e i n ...!“ Und plötzlich vernimmt er dicht an seinem Ohr eine leise Stimme: „Rüdiger, was hast du, was ist mit dir?“

Mit einem Satz schnellt sein Oberkörper hoch und er findet sich in seinem Bett sitzend wieder. Eine Reihe erlösender Sekunden verstreichen, ehe er fähig ist, seiner Frau sagen zu können: „Ich habe geträumt – ein Traum, ein gar furchtbarer und böser Traum!" Dann lässt er sich zurückfallen. Sein Körper bebt und er ist schweißgebadet. Sein Herz schlägt wild und er beginnt schwer zu atmen.

Nachdem er sich etwas beruhigt hat, wendet er seinen Kopf zu Hannelore hin und sieht, dass sie schon wieder eingeschlafen ist. Er hingegen kann nicht mehr einschlafen. Viel zu sehr macht ihm der schreckliche Traum in seinem Herzen und im Kopf zu schaffen. Nach einer Weile steht er auf und begibt sich ins Bad, wo er sich duschen will. Doch erst einmal muss er sich auf einen Hocker setzen, denn das furchtbare Erlebnis zermartert ihm Kopf und Herz. „Schrecklich, einfach schrecklich", murmelt er ungläubig vor sich hin und sinniert: „Was mag wohl hinter diesem Traum mit all den grässlichen Szenen stecken? Hat nicht jeder Traum eine ganz bestimmte Bedeutung?" Es ist ihm einfach nicht möglich, jetzt andere Gedanken fassen zu können. Er bringt diese schrecklichen Bilder nicht aus seinem Kopf.

Nachdem er sich schließlich unter der Dusche erfrischt hat, streift er kurz entschlossen seinen Bademantel über und geht hinaus auf die Terrasse vor dem Haus. Tief zieht er die frische und würzige Luft ein, die vom Weiher und dem nahen Wald herüberströmt. Die Sonne geht gerade auf und ihre ersten Strahlen malen ein göttliches Bild in die liebliche und friedliche Landschaft. Und es kommt ihm vor, als hätten die Vögel mit ihrem morgendlichen Konzert noch nie so klangvoll und melodisch gesungen. Ihr Gesang kommt Rüdiger vor, als würden sie in jubelnder Freude ihrem Schöpfer und dem Himmel danken für den neuen Tag. Und dann der Anblick seines geliebten Waldes mit dem Weiher davor, auf dessen ruhiger Oberfläche sich Bäume, Büsche und das Schilf spiegeln.

„Eine singende, klingende, malerische und friedliche Welt so nahe bei mir – meine Zauberwelt", entströmt es aus Rüdigers tiefster Brust.

Lange, sehr lange verweilt er in Andacht trotz der Frische des Morgens, und sein Herz wird durchdrungen von einem wohltuenden, wärmenden Gefühl.

„O mein Gott, was für eine schreckliche und finstere Nacht, die mir die Hölle gezeigt hat – und was für ein herrlicher Tag, der mir ein himmlisches Geschenk ist." Tief befreit atmet er auf: „… und morgen ist Sonntag, da geh ich in die Kirche!"

Tragödie im Weiler Schermtal

Der Zweite Weltkrieg näherte sich dem Ende zu und in wenigen Tagen würde Deutschland am 8. Mai kapituliert haben. Damit begann ein großes Chaos in dem am Abgrund stehenden Deutschen Reich. Viele flohen vor den Russen in den Westen. Ein großer Teil der Wehrmacht war bereits gefangen genommen worden oder hatte von sich aus die Waffen niedergelegt. Kämpfe von regulären Verbänden fanden kaum noch statt, denn die Amerikaner und ihre Verbündeten hatten den weitaus größeren Teil Deutschlands bereits besetzt und mehr oder weniger unter Kontrolle gebracht. Doch die letzten Fanatiker kämpften immer noch weiter. Es handelte sich vor allem um versprengte SS-Gruppen. Und dann waren da auch noch die Werwölfe, die als Schreckgespenst gegen Ende 1944 vom Führer der SS Heinrich Himmler gegründet, ihr Unwesen trieben. Diese Werwölfe sollten in erster Linie die Lebensfäden des Feindes abschneiden und zum anderen Jagd auf Verräter machen. Damit verbreiteten sie große Angst unter der Bevölkerung. Viele Soldaten, die von ihren aufgelösten Einheiten entlassen wurden, wollten der Gefangenschaft entgehen und suchten sich irgendwie und irgendwo zu verstecken, um die letzten Kriegstage heil zu überstehen. Manchen gelang es, bei Bauern in abgelegenen Dörfern vorübergehenden Unterschlupf zu finden. Auch kam es vor, dass Soldaten aus noch im Einsatz befindlichen Einheiten desertierten, die Waffen wegwarfen und ihre Uniform auszogen. Wer keinen Entlassungsschein vorweisen konnte, war von vornherein ein potentielles Opfer der Werwölfe. Von der SS wurden solche Menschen an Ort und Stelle erschossen und die Werwölfe knüpften sie gar öffentlich auf und hingen ihnen ein Schild mit der Aufschrift „Verräter" um den Hals. Nicht zuletzt aufgrund dieser Fanatiker gingen die Amerikaner, Engländer und besonders die Franzosen oft sehr rigide mit der zivilen Bevölkerung um. Schließlich waren sie auch davon überzeugt, dass so gut wie alle Deutschen Nazis sind. Die amerikanischen Piloten in den Jagdflugzeugen machten sogar Jagd auf einzelne Zivilisten, egal ob auf Mann, Frau oder Bauer mit seinem Gespann auf dem Feld, und selbst Kinder starben im Geschoßhagel der Tieflieger. Es hatte den Anschein, als machte ihnen die Jagd auf Menschen Spaß, denn in der Luft fehlte ihnen längst jeder Gegner, den sie hätten jagen können. Auch das Vorgehen der Bodentruppen sah kaum anders aus. Mit einer Sondierung der Lage hielten sie sich oft nicht auf, sondern ließen nur allzu schnell die Waffen sprechen.

Über alle diese Vorgänge wusste man in dem kleinen Weiler Schermtal nichts. Vier verstreut liegende Bauernhöfe umfasste der Weiler, der sich inmitten des damals noch stark ländlich-bäuerlich geprägten Bayern befand. Das nächstgelegene Dorf war acht Kilometer vom Weiler entfernt und bis zum Bezirksstädtchen waren es gar 35 Kilometer. Dorthin fuhren die vier Bauern stets abwechselnd mit einer Kutsche, um einzukaufen, was sie nicht selber produzieren konnten. Sie lebten sehr autark und unterstützten sich gegenseitig.
Natürlich gab es auch Kinder auf den Höfen, die Schulunterricht bekommen mussten. Das übernahm zu jener Zeit eine Lehrerin, die von der Schulbehörde abgestellt wurde. Sie stammte selber aus einem Bauernhof des nächstgelegenen Dorfes. Der größte Hof stellte einen Raum zur Verfügung, in

dem die Kinder aller Altersstufen gleichzeitig unterrichtet wurden. Diese Lehrerin hätte sich in dieser Einöde nur für ein Jahr verpflichten müssen und wäre dann von einer anderen Lehrkraft abgelöst worden. Aber diese Frau kam freiwillig und gerne hierher in diese Einöde, weil sie nicht nur das Landleben sehr mochte, sondern auch gerne nebenher bäuerliche Arbeit verrichten wollte und diese auf dem großen Hof auch tatsächlich in ihrer Freizeit ausüben konnte.

Der Weiler umfasste etwa 40 Bewohner. Wöchentlich zweimal kam der Postbote mit einem alten Motorrad vorbei, und der wusste immer irgendwelche Neuigkeiten zu berichten. Ansonsten war man hier abgeschnitten vom Weltgeschehen. Motorisiert war hier niemand. Auch gab es im Weiler weder ein Telefon noch ein Rundfunkgerät.

Die ganzen Kriegsjahre hindurch hatten sie im Weiler keinen Soldaten gesehen. Nur selten bekamen sie mal ein Flugzeug zu Gesicht. Auch wehrpflichtige Männer gab es zu der Zeit unter den Bewohnern nicht.

Tiefster Friede herrschte hier in der weitläufigen und einsamen Gegend. Der Krieg war weit weg und kein Thema, das die Leute beschäftigt hätte. Sie taten ihre Arbeit und fühlten sich frei von jeglichen Zwängen der Welt.

Einer dieser Höfe war der vom Bauern Benedikt Sterzmeier. Sein Haus- und Hofname lautete Schindlbauer, anders kannte man ihn nicht. Mit seiner Frau Walburga, die im achten Monat schwanger war, hatte er die Kinder Franziska mit fünf Jahren und den dreijährigen Andreas. Ferner befanden sich im Haus noch sein 74jähriger Vater Bartholomäus, der bereits auf dem Altenteil saß, sowie der gleichaltrige Knecht Anton und die erst 17jährige Magd Adelheid.

In diesem letzten Kriegsjahr begann die Heumahd außergewöhnlich früh. Und so fuhr der Bauer mit seinem Ochsengespann Anfang Mai zusammen mit dem Knecht und der Magd
hinaus zur Heuernte. Nachdem der Wagen hoch mit Heu be-
laden war, schickte der Bauer seine beiden Helfer zurück zum
Hof. Er selber, der nebenher auch Jäger war, ging derweil in
seinen an das Feld angrenzenden Wald, um dort das Wild zu
füttern. Das Futter dafür befand sich in einem kleinen Schuppen am Waldrand. Nach der Fütterung kehrte er zurück zu
seinen Ochsen, um die er sich nicht zu kümmern brauchte, da
sie es gewohnt waren, über eine längere Zeit beharrlich und
ruhig stehen zu bleiben. Dann fasste er die Langzügel und mit
einem „Hüh" setzten sich die Ochsen mit der hoch aufgetürm-
ten Fracht gemächlich in Bewegung und der Bauer ging, die
Zügel locker in der Hand, neben dem Wagen her.

Plötzlich hörte er Flugzeuggeräusche hinter sich und drehte
sich um. Zwei Flugzeuge waren es, die geradewegs und im
tiefsten Flug auf ihn und sein Gespann zuflogen. Er umfasste
die Zügel fester mit seinen Händen und schon ratterte das
Maschinengewehr des ersten Jagdflugzeuges, dessen Ge-
schoßgarbe dicht über das Gefährt hinwegstrich. Aber durch
die Sogwirkung der schnell fliegenden Maschine wurde der
größte Teil des Heus in einer dichten Wolke hochgewirbelt.
Genau dort hinein raste die zweite Jagdmaschine und stürzte
sofort ab. Da auch sie sehr tief geflogen war, prallte sie zwar
hart auf dem Boden auf, schlitterte aber dann einige Hundert
Meter weit über den ebenen Wiesengrund dahin, bis sie zum
Stillstand gekommen war. Aber was passierte mit dem Gespann, und vor allem, was geschah dem Bauern?

Die Ochsen gingen durch, der Bauer fiel nach vorne über, kam von den Zügeln, die er um die Hände gewickelt hatte, nicht los und wurde mitgeschleift. Erst in Höhe des abgestürzten Flugzeuges konnte er sich von den Zügeln befreien, kam dabei aber unter die Räder des Heuwagens und blieb direkt neben dem Flugzeug mit Knochen- und Rippenbrüchen liegen und wurde bewusstlos.

Fast zeitgleich spielte sich auf dem Hof des Bauern ebenfalls eine Tragödie ab. Der Knecht und die junge Magd waren mittlerweile am Hof angekommen und saßen zusammen mit der Bäuerin, dem Altbauern und den zwei Kindern in der geräumigen Wohnstube beisammen. Der Knecht bemerkte es als erster, was da draußen vor sich ging und schrie deshalb laut:

„Militärautos kommen! Ein Jeep und ein Lastwagen fahren direkt auf unseren Hof zu! Es sind Amerikaner, ich erkenne es an den weißen Sternen!"

Kaum hatte er das ausgesprochen, ratterte aus dem vorausfahrenden Jeep ein Maschinengewehr los. Die Garben klatschten laut gegen das Haus, wobei die Haustüre durchlöchert wurde und eine Fensterscheibe zu Bruch ging. Wie die Wiesel krochen die zwei Kinder unter die Eckbank und auch die Erwachsenen suchten erschrocken nach einer Deckung. Die Bewohner der anderen drei Höfe versteckten sich ebenfalls in ihren Häusern und bekamen vom folgenden Geschehen nichts mehr mit. Beim Schindlbauer dagegen flog die Türe auf und fünf Soldaten stürmten mit angelegten Gewehren in die Wohnstube hinein. Ein weiterer Soldat blieb draußen im Jeep schussbereit hinter dem MG stehen. Der Anführer dieses wild gewordenen Haufens herrschte die eng zusammengerückten Bauersleute an: „Are there german soldiers, do you have any weapons, where are the weapons, hurry up!"

Der Knecht Anton, der während des Ersten Weltkrieges als Soldat lange in britischer Gefangenschaft war, beherrschte die Sprache und sagte: „There are no german soldiers!" Und zur Bäuerin sagte er: „Der Lieutenant fragt nach Waffen, die wir sofort herauszurücken haben!"

„Mein Gott, die Jagdflinte in der Truhe", sagte die Bäuerin, und schon ging sie zur Truhe und öffnete sie.

Der Knecht aber schrie: „Nicht, Walburga, lass das, er soll sie sich selber herausholen!"

Aber die Bäuerin hatte die Flinte bereits in der Hand und wollte sie den Soldaten hinreichen. Im selben Moment krachten kurz hintereinander zwei Schüsse. Einer von ihnen traf die junge Bäuerin, die sofort zu Boden fiel und sich nicht mehr rührte. Der amerikanische Leutnant, der zuvor schon bemerkt hatte, dass die Frau hochschwanger war, bückte sich zu ihr nieder und stellte erleichtert fest, dass sie nur einen Streifschuss am Oberarm davongetragen hatte und vermutlich vor Schreck bewusstlos wurde. Sofort befahl er einem der Soldaten, das Erste-Hilfe-Paket aus dem Jeep zu holen.

Immer noch vor der Bäuerin kniend, sah der Leutnant unter der Eckbank die beiden Kinder. Er griff danach und zog zuerst den kleinen Buben hervor und dann das Mädchen. Doch dann erschrak er. Das Mädchen war tot. Er stand auf und brüllte den Soldaten an, der geschossen hatte: „What you have done, what you have done!"

Im Gesicht schneeweiß geworden, starrte der junge Soldat seinen Vorgesetzten an, dann das Kind und brachte kein Wort hervor. Er hatte deshalb geschossen, weil er glaubte, die Bäuerin wollte die Jagdflinte auf den Leutnant anlegen und auf ihn schießen. Da ihm ein anderer Soldat sofort die Waffe nach unten weggeschlagen hatte, verirrte sich die zweite Kugel unter die Eckbank. Es war just das erste Mal, dass der junge Soldat in diesem Krieg sein Gewehr benutzte. Und jetzt am Kriegsende fand er sein erstes Opfer ausgerechnet in einem unschuldigen kleinen Kind. Als ihm das bewusst wurde, verfiel er in einen Schock und sagte unentwegt: „O my God, o my God, no, no, no ...!"

Seine Kameraden konnten ihn nicht beruhigen und so führten sie ihn hinaus auf den Hof zu dem Soldaten im Jeep, der übrigens Sanitäter war und sich um ihn kümmerte.

Unterdessen umkreiste das Flugzeug, dessen Pilot den Heuwagen entleert hatte, die amerikanischen Fahrzeuge vor dem

Hof. Der Pilot wollte sich den Kameraden gegenüber bemerkbar machen, um sie zur abgestürzten Maschine zu lotsen. Gleichzeitig trotteten die Ochsen, die sich wieder beruhigt hatten, führerlos in den Hof hinein. Die Amerikaner stürzten aus dem Haus, als sie das Flugzeug hörten, wussten aber mit den aufgeregten Handzeichen, die ihnen der Pilot gab, nichts anzufangen. Der Knecht beobachtete das vom Fenster aus und als er das Ochsengespann mit nur einem Rest von Heu auf dem Wagen sah, ahnte er sofort, dass mit dem Bauern etwas Schlimmes geschehen sein musste, und er kombinierte ganz richtig, dass der Pilot seinen Kameraden eine Richtung aufzeigen wollte, nach der sie ihm folgen sollten. Der Anton rannte hinaus zu den Amerikanern, die hinaufstarrten zum Flugzeug und noch immer nicht zu wissen schienen, was der Pilot von ihnen wollte. Dann redete der alte Knecht auf sie ein, bis sie endlich kapierten. Bevor sie unter seiner Führung losfuhren, holte einer der Amerikaner schnell noch die Flinte aus dem Haus und warf sie auf die Ladefläche des Lastwagens. Der Knecht aber, als hätte er geradezu hellseherische Fähigkeiten, füllte inzwischen schnell einen Sack mit Heu, schnappte sich zwei Wolldecken und lud alles auf den Lkw. Der Lieutenant schüttelte verwundert den Kopf und die anderen mussten sogar lachen über den alten Mann.
Nur 300 Meter weit hatten sie zu fahren, dann standen sie vor dem Flugzeug, in dessen Nähe auch der Bauer bewegungslos lag. Der Knecht lief sofort zu ihm hin. Der Bauer war mittlerweile aus seiner Ohnmacht erwacht, schrie verzweifelt und klagte über große Schmerzen am ganzen Körper. Der Anton versuchte ihn zu beruhigen: „Ich werde dafür sorgen, dass dich die amerikanischen Soldaten ins Krankenhaus fahren.“

Die Amis kümmerten sich unterdessen um den Piloten, der ohne Bewusstsein und am Kopf verletzt im Cockpit saß. Sie lösten ihn umständlich von den Gurten, hoben ihn vorsichtig heraus und trugen ihn zum Lastwagen. Auf diesem hatte der umsichtige Knecht bereits aus dem Heu und den Decken ein Lager bereitet, auf das sie den Piloten legten. Die Amerikaner nickten zwar anerkennend, aber ein Wort des Dankes fanden sie nicht. Nachdem der Pilot untergebracht und notdürftig versorgt war, machten sie Anstalten, ohne den schwerverletzten Bauern loszufahren. Als der Knecht sie bat, auch seinen Bauern mitzunehmen, lehnte der Lieutenant das vehement ab, obwohl der als Sanitäter ausgebildete Soldat seinem Vorgesetzten gegenüber einen Einspruch erhob. Der mutige Knecht aber gab nicht auf, sondern schnappte sich die von den Soldaten konfiszierte Flinte und legte auf sie an. Als die Amerikaner sein entschlossenes Gesicht sahen, schnellten ihre Arme in die Höhe. So wurde schließlich auch der Bauer auf das Heu neben den Piloten gebettet.

Und die Ironie des Schicksals? Beide waren sie Opfer geworden eines Übermütigen, der sicher aus Jux und Tollerei dicht über den Heuwagen hinweg geflogen und geschossen hatte, um damit dem Bauern einen Schrecken einzujagen. Und wäre das Ergebnis nicht von so tragischer Natur gewesen, hätte man sich angesichts der Situation, die sich auf dem Lastwagen darstellte, köstlich amüsieren können. Ein alter Mann hielt eine Handvoll amerikanischer Soldaten mit einer Jagdflinte in Schach und diktierte ihnen, was sie zu tun hatten. Das glich einer Komödie, denn die alte Flinte war nicht einmal geladen! Hätten die Amerikaner das gewusst, wäre es um den Knecht geschehen gewesen. Sie hätten ihn mit Sicherheit an Ort und

Stelle standrechtlich erschossen und das Recht wäre sogar auf ihrer Seite gewesen.

Mehr als drei Stunden dauerte die Fahrt, ehe sie in einem Feldlazarett der Amerikaner ankamen, und der Knecht dankte Gott dafür, dass er durchhalten konnte und die Fahrt ohne Zwischenfälle abgelaufen war. Die Ärzte im Lazarett kümmerten sich ohne Unterschied um die beiden Patienten. Der Knecht aber wurde umgehend von der Militärpolizei festgenommen und einem Militärrichter vorgeführt. Dieser ordnete Untersuchungshaft an. Tatsächlich kam es erst ein paar Wochen später zu einer Verhandlung, nachdem der Pilot und der Bauer gesundheitlich wieder soweit hergestellt waren, dass sie zu den tragischen Ereignissen dem Richter gegenüber ihre Aussagen machen konnten. Als dann ausführlich zur Sprache kam, was der alte Mann mit einer ungeladenen Jagdflinte zuwege brachte, herrschte allgemeine Heiterkeit beim Gericht. Der Militärrichter sprach den alten Knecht frei von jeder Schuld. Der Richter wusste genau, warum er ihn nicht verurteilte, dabei wäre den damaligen Verhältnissen entsprechend ein Todesurteil nicht außergewöhnlich gewesen. Ein solches Urteil wäre dann jedenfalls in aller Breite öffentlich geworden und damit auch die näheren Gründe daraus. Eine saubere Komödie und vor allem eine Schande für die ach so stolze amerikanische Armee wäre öffentlich geworden. Aber nicht nur das hatte der Richter im Hinterkopf, sondern auch die Tatsache, dass der alte Knecht fürsorglich und umsichtig handelnd ein erträgliches Lager auf dem holprigen Militärlaster für die zwei Schwerverletzten errichtet hatte. Ganz privat für sich hielt er den alten Mann sogar für einen wahren Helden, der dafür eigentlich einen Orden verdiente. Der wirkliche

Grund aber, warum der amerikanische Militärrichter den Knecht von aller Schuld frei gesprochen hat, liegt ganz wo anders, wobei er diesen natürlich für sich behielt und wovon niemand auch nur die geringste Ahnung hatte. Seine Mutter war die Tochter eines Bauern aus dem bayerischen Oberland und sein Vater – ein einfacher Knecht. Nach dem Urteilsspruch nickte der Richter dem Knecht zu und verzog sein Gesicht kurz zu einem hintergründigen Lächeln gerade so, wie ein Bauer, der beim Sauhandel einen Viehzüchter übers Ohr gehauen hatte. Schon während seiner Untersuchungshaft wurde der Knecht gut behandelt und bekam reichlich gute Nahrung, was er ebenfalls dem Richter zu verdanken hatte. Jedenfalls konnte der Anton jetzt als freier Mann auf seinen Hof zurückkehren. Dort wurde er mit großer Erleichterung und überaus herzlich empfangen. Der Bauer und auch die Bäuerin waren gesundheitlich wieder hergestellt und auch ein neuer Nachwuchs hatte sich eingestellt – ein Mädchen. Aber die Trauer um den Verlust der kleinen Franziska war immer noch gegenwärtig.

Und noch etwas war mittlerweile eingetreten. Mindestens einmal im Monat traf ein Paket bei der Familie ein, das gefüllt war mit Erdnussbutter, Cadbury-Schokolade, Keksen, Drops, Marmelade in Tuben, Cornedbeef und mancherlei anderen Dingen, die von den Deutschen während der Besatzungszeit sehr begehrt waren. Vor allem auch Zigaretten, die quasi als Währung galten und die man gegen so manche Waren eintauschen konnte. Nie befand sich ein Absender auf den Paketen, aber alle wussten sie, wer sie ihnen zuschickte.

Jener amerikanische Soldat, der die kleine Franziska durch unglückliche und raue Umstände mit seinem Gewehr getötet hatte, schien sein ganzes Leben lang darunter gelitten zu haben, denn selbst viele Jahre nach dem Krieg trafen immer noch sporadisch Pakete ein bei der Familie Sterzmeier in dem abgelegenen Weiler Schermtal. Sie kamen aus Amerika und enthielten fortan eine andere, nicht minder wertvolle Art von amerikanischen Spezialitäten, wie es solche in Deutschland nicht zu kaufen gab.

Die Sterzmeiers bemühten sich jahrelang darum, die Adresse des Absenders der Pakete ausfindig zu machen, allerdings ohne Erfolg. Gerne hätten sie dem Unglücklichen mitgeteilt, dass sie ihm längst verziehen haben. Und so ist ihnen nichts anderes übriggeblieben, als Gott in vielen Gebeten zu bitten, dass auch Er ihm vergeben möge.

Der alte Kaspar und sein Lieserl

Der Kaspar hat sein ganzes Leben lang immer auf demselben Hof gearbeitet. Schon im zarten Alter von dreizehn Jahren wurde er im Jahre 1879 vom Bauern als Stallbub eingestellt und hat sich über die Jahrzehnte vom einfachen Knecht bis zum Oberknecht hochgedient. Sogar bis zum sogenannten Baumann hat es der Kaspar gebracht. Damit war er gleichzeitig der Stellvertreter des Bauern und herrschte auch über das gesamte Gesinde, das zeitweise aus mehr als zwei Dutzend Personen bestand.

Seit Urzeit schon war der Hof als Greilingerhof von Greilingen urkundlich erwähnt. Greilinger, das war also der Haus- und Hofname. Doch im Dorf und weit darüber hinaus war der Bauer besser bekannt als der Rossbauer, denn im Stall und auf der Weide standen bis zu zehn Pferde und immer auch ein paar Fohlen. Wo andere Bauern weniger mit Pferden, sondern mit Ochsen oder gar nur mit Kühen auf ihre Felder gingen, arbeitete der Greilinger ausschließlich mit Pferden. Niemand im ganzen Bezirk besaß mehr Pferde auf seinem Hof als dieser Bauer, und das über viele Generationen hinweg. Er war ein ausgesprochener Großbauer, der daneben auch an die vierzig Milchkühe besaß, dazu eine Schweineherde, viele Gänse, Enten und Hühner. Auch befanden sich seit Generationen immer ein oftmals prämierter Zuchtstier sowie ein Zuchteber am Hof, mit denen er hübsch Geld verdiente. Viel öfter als bei anderen Bauern kamen hier die Bediensteten in den Genuss von Fleisch und Speck.

Der Kaspar hat bereits zwei Bauern auf dem Hof überlebt, und seit dem dritten Bauern, dem Markus, dem der Hof vor kurzem übergeben worden war, gehörte er längst schon zur Familie. Den Markus hatte er schon als kleinen Buben in alle Arbeit auf Hof, Feld und später in die schwere Rückearbeit im Wald mit Hilfe von Pferden eingewiesen. Aber zuständig für die Pferde war alleine der Kaspar als der Baumann, und einen besseren im Umgang mit Pferden hat es nie gegeben als ihn, den man heute wohl als Pferdeflüsterer bezeichnen würde.

Der jetzige Bauer Markus hatte zwei Söhne, die im Krieg fielen und zwei Töchter. Auch ihnen lehrte einst der Kaspar alles das, was man auf so einem großen Hof wissen musste. Was die beiden Buben anbelangte, so war der ältere als Erbe des Hofes vorgesehen und für den jüngeren war geplant, dass er einmal in einen anderen großen Hof einheiraten sollte.

Die beiden Mädchen dagegen mussten zuvörderst in das bäuerliche Hauswesen eingearbeitet werden und sollten sich um das umfangreiche Federvieh und den großen Bauerngarten kümmern, und so hatte jedes seinen Platz und seine Aufgabe zu erfüllen, wie das der Brauch bei den Bauern erforderte.

Kreszenz, das ältere der beiden Mädchen, stahl sich oft von ihrer eigentlichen Arbeit davon, um mit dem Oberknecht und den Pferden hinaus in die Felder zu gehen. Schon als kleines Kind hatte es der Kaspar immer auf eins der Pferde gesetzt, worüber es die größte Freude hatte. Auch im Stall durfte es sich mit Erlaubnis von Kaspar mit den Pferden beschäftigen.

Die jüngere Tochter dagegen, die Kathi, hielt sich am liebsten in Haus und Hof auf, wo sie in ihrem kindlichen Eifer gerne Bäuerin spielte und immer sagte, dass sie einmal eine große und vor allem moderne Bäuerin werden wollte.

Eine heile Welt, möchte man annehmen. Aber das Schicksal ist etwas, dem sich der Mensch nur allzu oft beugen muss.

Schon der Markus hatte den Hof einst als der jüngste Sohn des Altbauern übernommen, da seine beiden älteren Brüder im Ersten Weltkrieg gefallen waren.

Und die beiden Söhne von Markus wurden bei Ausbruch des Zweiten Weltkrieges in die Wehrmacht eingezogen. Das ließ wiederum nichts Gutes ahnen und alle Pläne mochten da leicht über den Haufen geworfen werden. Jeden Tag betete man auf dem Hof, dass die beiden gesund wieder aus dem Krieg zurückkehren möchten. Aber es half nichts. Alle zwei fielen sie kurz nacheinander in den Weiten Russlands.

Die Erbfolge war dadurch kräftig durcheinander geraten und fiel deshalb auf die Töchter zu. Dabei stand natürlich an erster Stelle die Kreszenz. Diese aber wollte partout nicht heiraten. Aber einen Bauern brauchte der Hof, denn der Markus kam langsam in die Jahre und musste den Hof gezwungenermaßen übergeben. Er wollte sich zusammen mit seiner Bäuerin auf das Altenteil zurückziehen und in den sogenannten Austrag gehen. Als Großbauer stand ihm dafür immerhin ein separates kleines Häuschen auf dem Hof mit Schlafraum und einer schönen Wohnstube zur Verfügung. Zuvor aber hatte er alles notariell festschreiben lassen, was dem mittlerweile 80jährigen Kaspar zustehen sollte. Über ihn befand der Markus natürlich sehr großzügig. Ihm wurde lebenslanges Wohnrecht auf dem Hof zugestanden. Es musste immer ausreichend Brennholz für den Ofen in seiner Kammer vorhanden sein. Auch dass er immer genug zu essen und zu trinken hatte und auch Kleidung, die er im Alter noch brauchte. An alles wurde gedacht und alles wurde genau festgelegt. Niemand würde dem Kaspar etwas streitig machen dürfen.

Da die Kreszenz nach wie vor nicht heiraten wollte, konnte sie auch den Hof nicht übernehmen. So sollte also wenigstens die Kathi heiraten, und sie war auch willens dazu. Wie immer man das auch sehen mochte, den Hof als Bauer würde in der Zukunft ein Fremder führen, aber man durfte gewiss davon ausgehen, dass er wenigstens ein Bauernbursche von einem anderen, vielleicht ebenfalls reichen Bauern sein würde.

Die beiden Schwestern waren sich schnell einig. Die Kreszenz wollte bei ihrer Schwester auf dem Hof bleiben, um sie nach Kräften zu unterstützen, für ihre Eltern im Austrag zu sorgen und auch für den Kaspar, wenn er wegen seines Alters nicht mehr arbeiten konnte. Dem Bauern war das alles sehr recht, und so wurden auch die Abmachungen der zwei Schwestern untereinander verbrieft.

Hochzeiter gab es genügend. Kein Wunder, denn der Hof war ja sehr einträglich und die Kathi war auch wegen ihres Aussehens begehrenswert. Die Wahl fiel ihr schwer, denn ihrerseits sollte schon auch die Liebe eine große Rolle spielen. Auch dem Bauern wäre jeder recht gewesen, wenn er nur der Kathi taugen mochte.

Sie lernte tatsächlich einen kennen, der ihr ausnehmend gut gefiel. Er stammte aus einem großen Hof in der weiteren Umgebung, aber rein äußerlich machte er nicht den Eindruck, als stellte er einen Bauern vor. Er hätte gut und gern ein Stadtmensch sein können, jedenfalls besaß er Bildung, hatte eine höhere agrarwirtschaftliche Schule besucht und war von ansehnlicher Gestalt. Die Kreszenz allerdings hielt nicht viel von ihm und gab das auch ihrer Schwester zu verstehen. Sie wurde nämlich die Ahnung nicht los, als würde sich mit diesem neuen Bauern auf dem Hof gewaltig etwas zum Nachteil verändern. Weiter wollte sie nicht gehen mit ihrer Meinung, weil sie sich mit ihrer Schwester nicht verkrachen wollte. Dabei war der Weitblick von Kathi nicht aus der Luft gegriffen, denn den elterlichen Hof daheim durfte er, obwohl er der älteste seiner Brüder war, wegen seiner seltsamen Ansichten über die Führung des Hofes nicht übernehmen. Hier allerdings wusste davon niemand.

Übers Jahr wurde bereits Hochzeit gefeiert, und es war eine standesgemäß große Bauernhochzeit. Das Brautpaar fuhr in der prunkvollen Kutsche des Greilingerhofes mit acht prächtig geschmückten Pferden vor und auf dem Kutschbock saß natürlich der alte Kaspar, denn kein anderer hätte das achtspännige Gefährt beherrscht.

Dann zog der neue Bauer ein, der nun der Herr war über den großen und stolzen Hof. Er hatte ein etwas weltmännisches Auftreten, was besonders die Kreszenz und den Kaspar mit Unbehagen erfüllte. Er zeigte weder Interesse an dem modernen Traktor mit allerlei zugehöriger Gerätschaft, den der Altbauer noch vor der Übergabe des Hofes gekauft hatte, noch an der neuen Dreschmaschine und noch viel weniger an den vielen Pferden und dem übrigen Viehbestand.

Stattdessen saß er täglich stundenlang in der Wohnstube, wo er auf dem Tisch große Pläne studierte und zahllose Skizzen anfertigte. Während dieser Zeit gewährte er niemandem den Zutritt in die Wohnstube. Nicht einmal seine frisch vermählte junge Bäuerin durfte erfahren, was er auf dem Papier festhielt und worüber er brütete. Zu ihr sagte er nur: „Du wirst sehen, Großes wird meine Arbeit bald hervorbringen."

Sie dachte bei sich: „Na ja, er hat ja studiert, da wird schon etwas Gescheites entstehen." Aber recht wohl war ihr nicht. Noch arbeitete auf dem Hof ein jeder, wie er es gewohnt war. Der neue Bauer war für sie kaum gegenwärtig, und er mischte sich weder in irgendeine Arbeit ein, noch schaffte er eine an. Das kam ihnen allen schon etwas arg seltsam vor. Der Kaspar arbeitete nach wie vor mit den Pferden, besonders mit dem jüngsten Pferd, das er als letztes Fohlen großgezogen hatte. Und wenn er mit ihm in die Felder hinausging, um es mit der Arbeit vertraut zu machen, dann war auch oft die mittlerweile 28jährige Kreszenz mit dabei, natürlich auf dem Rücken vom Lieserl, wie das jüngste Pferd hieß. Es war der ganze Stolz von Kaspar, weil es neben seiner außergewöhnlichen Lernfähigkeit auch sehr anhänglich und treu war.

Die ersten Früchte, die der neue Bauer hervorbrachte, warfen ihre unheilvollen Schatten voraus. Und manches, was er in Angriff nahm, geschah in aller Heimlichkeit und wurde deshalb oft nicht sofort bemerkt. Als er aber zwei noch sehr rüstige Pferde zum Schlachten an einen Pferdemetzger verkaufte, entbrannte ein heftiger Streit zwischen dem Bauern und dem Kaspar, der als Baumann mit seinen mittlerweile 81 Jahren immerhin noch der Vertreter des Bauern und damit zuständig für die Pferde war. Auch der Altbauer in seinem Austragsstüberl begehrte zornig auf. Dabei wusste aber noch niemand, dass der neue Herr auch schon einen Acker und eine Wiese, in der immer besonders guter Klee für die Kühe stand, verkauft hatte. Auch der Viehhändler verkehrte verdächtig oft auf dem Hof. Einige der Schweine von der einst großen Herde fehlten bereits und auch das Federvieh war schon arg zusammengeschrumpft. Zu seiner Schwägerin Kreszenz, die schon vom ersten Tag an gegen ihn voreingenommen war, sagte er: „Ich will doch den Hof nur voll modernisieren!"

„Verkaufen und abbauen nennst du modernisieren?", hielt ihm die Kreszenz wütend vor, „du wirtschaftest den Hof herunter, so nenne ich das!"

Dabei stand dem Hof das Schlimmste noch bevor. Innerhalb der nächsten zwei Jahre befanden sich außer dem Lieserl nur noch zwei Pferde im Stall, und die auch nicht mehr lange. Ein Teil des großen Waldes wurde verpachtet, ebenso auch Äcker und Wiesen. Auch die Milchwirtschaft hatte er stark reduziert und viele Kühe und sogar auch den Stier verkauft.

Über diese Entwicklung zutiefst betroffen und machtlos, starb der alte Greilinger, und seine Bäuerin folgte ihm bald nach.

Dann ließ der Bauer die Katze endgültig aus dem Sack. Von Anfang an schon hatte er geplant, den landwirtschaftlichen Betrieb bis auf eine gewisse Selbstversorgung zurückzufahren und einen modernen Freizeitpark mit Urlaub auf dem Bauernhof mit Übernachtungsmöglichkeit und Streichelzoo für Kinder anzulegen. Diese fixe Idee nahm langsam immer mehr Formen an. Anstelle der früheren Pferde schaffte er acht Reitpferde und einige Ponys an sowie vier Esel und exotische Tiere. Darunter zwei Lamas, Pfaue und sogar ein Dromedar. Bald sah es auf dem Hof aus wie in einem Zirkus.

Hühner, Gänse und Enten liefen nicht mehr frei auf dem Hof umher, sondern durften sich wegen ihrer Hinterlassenschaft, die der Bauer den Besuchern nicht zumuten wollte, nur noch in einem viel zu kleinen Gatter bewegen.

Knechte und Mägde waren kaum noch vorhanden. Stattdessen stellte er Leute ein, die er als „Mitarbeiter" vorstellte. Und er selber wollte nicht mehr als Bauer, sondern als Manager betrachtet werden.

Damit man keine Gummistiefel mehr tragen musste, wurde der Hof zugepflastert und für die Bewirtung der Gäste hergerichtet. Und die Frau des Hauses, die sich selber schon nicht mehr als Bäuerin fühlte, trug täglich nur noch Dirndlgewand.

Anfangs lief der Freizeitbetrieb außerordentlich gut, aber schon bald wurden die Gäste weniger und blieben schließlich fast gänzlich aus, denn die Deutschen entdeckten jetzt zunehmend Italien als Urlaubsziel.

Damit waren des Managers Pläne krachend zusammengebrochen. Seine sogenannten Mitarbeiter musste er schließlich entlassen. Der Streichelzoo blieb zwar bestehen, war aber mehr Last als Gewinn für den Hof.

Der selbsternannte Manager mutierte wieder zum Bauern, aber zu den Großen im Dorf gehörte er längst nicht mehr. Ein weiterer Bulldog musste angeschafft werden, weil die Reitpferde keinen Pfifferling taugten für die Feldarbeit. Und von dem einst großen Gesinde sind nur noch zwei Knechte und zwei Mägde verblieben, die zusammen mit dem Kaspar und der Kreszenz vollkommen ausreichten, um den geschrumpften Hof bewirtschaften zu können. Auch der Bauer besann sich wieder seiner Herkunft, seiner bäuerlichen Aufgaben und Pflichten. Allerdings führte und handelte er jetzt ungewohnt herrisch, was die Zerrissenheit nicht nur innerhalb der Familie, sondern auch beim Gesinde förderte.

Da war einerseits die Kathi, der der Traum von einer Großbäuerin zerplatzte und stattdessen vom hohen Ross fiel, und andererseits ihre Schwester Kreszenz, die trotz ihres sehr fleißigen Arbeitens – und von den Bediensteten heimlich als die wahre Bäuerin betrachtet – vom Bauern wie ein Dorn und störender Fremdkörper empfunden wurde. Dann war da auch der Kaspar, der altersbedingt nicht mehr arbeiten konnte und dem der Bauer das Notwendigste für ein leidliches Leben nicht mehr zugestehen wollte. Und dann war da auch noch die inzwischen alte Stute Lieserl, „die nur noch zum Futterfressen taugte", wie der Bauer spottete. Aber von seinen Reitpferden, die ihm kaum noch etwas einbrachten und nur bestes Futter bekamen, wollte sich der Bauer nicht trennen. Der alten Stute dagegen warf er als Gnadenbrot nur Heu vor, was bekanntlich nicht gut ist für ein Pferd.

Aber so lange der Kaspar noch beweglich war, ging er in den Stall und nahm den Reitpferden etwas Hafer, Zuckerrüben, Gelbe Rüben und anderes weg für sein Lieserl. Jeden Tag ging er hinüber in den Stall zu seinem Lieserl und blieb oft stundenlang bei ihr, fütterte, striegelte und pflegte sie liebevoll und sie dankte es ihm, indem sie ihre Nüstern an ihm rieb. Und immer wenn er bei ihr erschien und sie gerade auf dem Boden liegend ruhte, stand das Pferd sofort auf und zeigte sich deutlich erfreut über Kaspars Erscheinen. Von jeher schon waren die beiden unzertrennlich und schienen wie ein Herz und eine Seele. Der Gang zum Stall hinüber fiel dem Kaspar von Tag zu Tag schwerer, und so konnte er sich, zur Untätigkeit verurteilt, fast nur noch in seiner Kammer aufhalten. Sein einziger Trost war, dass ihm die Kreszenz beistand und sich um sein Lieserl kümmerte. Auch ihm selber musste sie immer häufiger und vor allem heimlich das zustecken, was ihm vertraglich zustand, ihm der Bauer aber verweigerte.

Es war Winter geworden, und Weihnachten, das Fest der Liebe und Freude nahte. Der Kaspar aber konnte keine Freude mehr aufbringen, denn längst schon war er vom gemeinsamen Zusammenleben in der Familie ausgeschlossen. Am Heiligen Abend brachte ihm die Kreszenz bereits nachmittags einen halben Stollen, Kaffee und Plätzchen, frisches Brot vom Holzofen, zwei Flaschen Bier, einen halben Krug Wein, Schinken und Speck, Pfeifentabak und ein Fläschchen guten Weingeist auf seine Kammer. Und wie immer in der letzten Zeit, musste sie das heimlich und ohne Wissen des Bauern tun, wobei sie von sich selber auch noch etwas für ihn abzwackte. Eigentlich hätte er nun fürstlich essen und trinken können, aber ihm war gar nicht so recht danach. Er sinnierte traurig vor sich hin. Wenn nur grad die Kreszenz die Bäuerin auf dem Hof geworden wäre, dann säße er jetzt nicht trübsinnig in seiner Kammer, sondern unten in der guten Wohnstube, so wie früher. „Ja, früher", murmelte er, dann wischte er sich über seine Augen. Ein tiefer seelischer Schmerz durchströmte quälend sein Herz und er war sich dessen bewusst, dass sich dieser Seelenschmerz, der in ihm aufgrund der Zustände auf dem Hof nagte, sich auch auf seine körperliche Verfassung auswirkte. Dann trank er den Wein, und sein ganzes Leben, das er schon seit seinem dreizehnten Lebensjahr auf diesem Hof verbracht hatte, zog wie in einem Traum an ihm vorüber. Fast 76 Jahre lang ist er dem Greilingerhof treu geblieben. Trotz der vielen harten Arbeit war es eine schöne Zeit für ihn und er war nie krank gewesen und hat auch sonst keinen einzigen Tag bei der Arbeit gefehlt. Besonders stolz war er auf seine Pferde und die Arbeit mit ihnen. Ob auf dem Kutschbock, ob auf Feld und Acker oder bei der schweren Rückearbeit im Wald, niemals zeigte er seinen Pferden die Peitsche, und er hat sie auch nie geschimpft oder gar geflucht auf sie. Über all diese Gedanken nickte der Kaspar zu einem kurzen, wohltuenden Schlaf ein. Als er aufwachte, war es Mitternacht geworden. Der Bauer und die Bäuerin waren getrennt von der Kreszenz und den Bediensteten in die Christmette gegangen. So konnte sich der Kaspar unbemerkt davonstehlen. Er raffte alle seine Kraft zusammen, steckte das Fläschchen mit dem Branntwein in die Hosentasche und quälte sich mühsam die steilen Stufen hinunter. „Hinaufkommen werde ich da alleine wohl nimmer mehr", murmelte er. Dann überquerte er mit schleppenden Schritten den Hof und verschwand im Pferdestall, wo sein Lieserl sofort von seinem Lager aufstand und ihn freudig begrüßte. Beide hatten sich seit Tagen nicht mehr gesehen. Er reichte ihm das feine Futter, das er von den anderen Pferden wegnahm, und als leckeren Abschluss durfte das Lieserl das Schälchen mit Zucker ausschlecken, das ihm die Kreszenz zum Kaffee mitgebracht hatte. Während er das Lieserl mühsam striegelte und es liebkoste und sie es ihm mit Reiben ihrer Nüstern an seiner Schulter dankte, sagte er: „Und jetzt legen wir uns beide hin und schlafen, morgen ist auch noch ein Tag.“

Und als hätte es das verstanden, legte sich das Lieserl sofort nieder und der Kaspar lehnte sich wohlig an ihren warmen Körper hin, trank aus dem Fläschchen Weingeist und erzählte dem Pferd von den vielen schönen und vergangenen Tagen und Jahren auf diesem einst prächtigen Hof. Schließlich fielen dem Kaspar die Augen zu und auch das Lieserl schlief ein.

Am darauffolgenden Vormittag – es war der erste Weihnachtsfeiertag – betrat die Kreszenz die Kammer von Kaspar, um ihm, wie jeden Morgen, sein Frühstück zu bringen. Im ersten Moment erschrak sie etwas, lief dann aber sofort hinüber in den Pferdestall. Als sie die beiden einträchtig Körper an Körper liegen sah, betrachtete sie das friedliche Bild und ein Lächeln huschte über ihr Gesicht. Das Pferd, das wach war und ihr mit traurig erscheinenden Augen entgegensah, blieb ganz ruhig und bewegungslos liegen neben seinem Freund und Beschützer. Und als sich die Kreszenz dem Kaspar näherte, um ihn aufzuwecken, blieb ihr fast das Herz stehen – der Kaspar lehnte tot an seinem Lieserl.

Nur drei Tage später, als man den Kaspar zu Grabe trug, tat auch das Lieserl seinen letzten Schnaufer.

Der Simon vom Sonnleitnerhof

Der Simon wusste nichts davon, wie ein Leben in einer Familie aussieht, denn er war als Findelkind Vollwaise und wuchs in einem Waisenhaus auf. Dort bekam er auch Schulunterricht. Schneller als seine Mitschüler lernte er lesen und schreiben, und bald nannten sie ihn Bücherwurm, denn in der kleinen Bibliothek des Waisenhauses kannte er nicht nur jedes Buch, sondern hatte sie alle schon gelesen, manche sogar zwei- und dreimal. Seinen guten Noten entsprechend hätte er gut und gern auf eine höhere Schule gehen können, aber das war seinerzeit nur Kindern möglich, deren Eltern entweder begütert waren oder selber eine höhere Schulbildung besaßen. Mit Begeisterung nahm er auch am Sportunterricht teil, der zu seinem Leidwesen lediglich aus gymnastischen Übungen bestand. Daher ließ er sich als einziger von seinen Mitschülern im Schwimmen ausbilden in einer Zeit, als in Deutschland die ersten Schwimm- und Freibäder eröffnet wurden. So richtig schwimmen konnten zur damaligen Zeit nicht sehr viele Menschen. Gerade in der Landbevölkerung konnte das kaum jemand.

Als der Simon, den man bald nur noch Simmerl nannte, neun Jahre alt war, machte er sich auf einem Bauernhof nützlich, indem er als Hütebub die große Gänseschar, sowie die Schweine, Schafe und Ziegen auf der Weide des Hofes hütete. Der Sonnleitnerhof befand sich in der Ortschaft Hügelheim inmitten einer beschaulichen Landschaft, die durchzogen war von sanften Senken und zum Teil bewaldeten Hügeln. Der mittelgroße Viereckhof lag behäbig am Rande des Dorfes. Vielleicht leitete sich der Name des Bauernhofes davon ab,

weil er am sonnigen Südhang eines sanft abfallenden Geländes lag. Demnach bezeichnete und nannte man den Bauern einfach als den Sonnleitner, denn Familiennamen hatten beim Bauernvolk keine große Bedeutung Sie waren nicht üblich und man kannte sie oftmals auch gar nicht.
Seine ganzen Ferien und all seine Freizeit verbrachte der Simmerl auf diesem Hof, wo er sich schnell mit dem gleichaltrigen und einzigen Sohn des Bauern, dem Korbinian, anfreundete. Die beiden waren dann auch ihr ganzes Leben lang in unverbrüchlicher Freundschaft verbunden.

Mit dreizehn Jahren, nachdem der Simon seine Schulzeit beendet hatte, stellte ihn der Bauer dem Korbinian zuliebe als Stallbuben und schließlich als Jungknecht auf seinem Hof ein. Damit begann für den Simmerl ein Leben, das man wohl als einzig bezeichnen konnte auf einem Bauernhof. Denn für gewöhnlich wechselten die Knechte und Mägde an Lichtmess ihren Arbeitsplatz und gingen zu einem anderen Bauern. Das waren die so genannten Schlenkeltage und sie waren gleichzeitig die einzigen freien Tage für das Gesinde. Auch wurde an diesen Tagen der Lohn für das ganze vergangene Jahr ausgezahlt. Der Simmerl dagegen war nie wo anders in Stellung als sein ganzes langes Leben lang auf dem Sonnleitnerhof. Seit Menschengedenken wusste man es im Ort nicht anders, als dass der Simmerl zum Sonnleitnerhof gehörte, wie der Pfarrer zur Kirche und die Kirche zum Dorf. Auch blieb er seiner Lebtag lang ein Junggeselle. Sein Freund Korbinian hat mit 26 Jahren in der Bauerntochter Magdalena aus dem Nachbardorf seine große Liebe gefunden. Auch das war ein Novum, denn aus reiner Liebe haben Bauersleute damals für gewöhnlich kaum geheiratet. In kurzen Abständen erwuchsen aus dieser glücklichen Ehe zwei Buben und ein Mädchen. Als aber der jüngere der Buben schon bald nach seiner Geburt starb, war das für das Paar ein herber Schlag, den besonders der sensible Korbinian nur sehr schwer verwinden konnte. An seinen zwei verbliebenen Kindern Stephan und Elisabeth hing Korbinian mit abgöttischer Liebe, und auch seine junge Frau tat das kaum minder. Diese liebevolle Behandlung der Kinder durch das junge Paar ließ den Simmerl wehmütig werden, denn solches hatte er im Waisenhaus, wo es unpersönlich und oft äußerst streng und nach seiner jetzigen Erkenntnis sogar ungerecht und lieblos zuging, nicht erfahren. Und so schloss auch er die beiden Kinder tief in sein Herz ein.

So oft es ihm möglich war, trug er ihnen die schönsten Geschichten vor, die er aus den vielen Büchern aus seiner Zeit im Waisenhaus kannte und die sich fest in seinem Kopf verankert haben. Und die Kinder lauschten und hingen an seinen Lippen und waren voll der Freude über die große Erzählkunst des Simmerl. Und so lange sie noch so klein waren, saßen sie dabei links und rechts auf seinem Schoß.

Die Altbauerin, also die Mutter von Korbinian, begann bereits etwas zu kränkeln, und so war die Magdalena immer mehr eingebunden in das Hauswesen, das sie bald ganz alleine führen musste. Auch dem Altbauern ging es nicht mehr allzu gut, und so sah er sich gezwungen, einen weiteren Knecht einzustellen, denn Arbeit gab es auf dem Hof mehr als genug. Neben der Hof- und Feldarbeit war da auch ein ansehnliches Stück Wald zu bewirtschaften. Und außerdem gab es da noch einen ziemlich großen und fischreichen Teich, der zum Hof gehörte.

Als es nicht mehr recht ging mit dem Bauern, übergab er den Hof schließlich seinem Sohn Korbinian und er selber zog sich zusammen mit der Bäuerin zurück auf das Altenteil. Wie für seine Kinder, so sorgte auch hier der Korbinian liebevoll für seine alten Eltern. Übers Jahr verstarb der Bauer und seine Bäuerin folgte ihm bald nach.

Korbinian war, als er den Hof in alleiniger Verantwortung übernahm, genau wie der Simmerl auch, 39 Jahre alt.

Es ging auf den Winter zu. Da stand traditionell die Waldarbeit an. Und so spannte der Bauer sein einziges Pferd vor den kleinen Gig, worauf er nur Axt und Säge und zur Markierung von Bäumen Farbe und Pinsel auflud. Der Simmerl wollte mit, aber der Korbinian meinte, dass er eh nur kleinere Arbeiten vorhabe und er deshalb ruhig auf dem Hof bleiben solle.

Da auf den Feldern kaum noch Arbeit anfiel, reinigte und ölte der Simmerl das heuer nicht mehr benötigte Gerät, Werkzeug und Maschinen. Viele Gedanken gingen ihm durch den Kopf und er sinnierte über die angenehme Zeit, die er bisher auf diesem schönen Bauernhof verbringen durfte.

Plötzlich durchzuckte ihn eine furchtbar böse Ahnung und er hatte das untrügliche Gefühl, in den Wald zu Korbinian hinauslaufen zu müssen. Und so ließ er alles liegen und stehen und handelte, als würde er ohne eigenes Zutun von einer fremden Kraft angetrieben.

Er wusste nicht warum, aber wie automatisch füllte er einen Sack mit Stroh und schnappte sich ein Seil und eine Decke.

Den Knecht hätte er am liebsten mitgenommen, aber der befand sich weit draußen bei einer der letzten Feldarbeiten.

Zwar ist der Korbinian nicht überfällig gewesen, denn er wollte erst gegen Abend zurück sein, aber dem Simon überkam eine dermaßen starke Eingebung, die er sich nicht erklären konnte. Und so stahl er sich heimlich fort, um die Magdalena nicht zu beunruhigen. Auch der zwölfjährige Stephan und seine jüngere Schwester Elisabeth bekamen nichts mit.

Seine Befürchtung hatte sich zu seinem Schrecken bestätigt. Der Simmerl fand seinen Freund unter einem umgestürzten Baum liegend vor. Die beiden Beine und der Unterleib waren eingequetscht zwischen dem schweren Stamm und dem Waldboden. Sofort prüfte der Simmerl den Puls und stellte fest, dass der Korbinian lebte, aber besinnungslos war. Jetzt hieß es schnell handeln.

Den schweren Baum hätten auch mehrere Leute wohl kaum hochheben können und auch das Pferd, das ruhig in dem Gig eingespannt in der Nähe stand, hätte ihm nicht nutzen können. Und so sägte der Simmerl mit der Handsäge mühevoll Stück für Stück vom Baum ab, bis er glaubte, den Rest des Stammes mit seiner eigenen Kraft hochheben zu können. Aber es gelang ihm nicht, und ein weiteres Stück vom Baum konnte er wegen der Gefahr für Korbinian nicht mehr absägen. „Aber mit Hebelwirkung müsste es gelingen", sagte er vor sich hin, und so sägte er einen mächtig starken Ast in der Art zurecht, dass er ihn als Hebel benutzen konnte. Dann löste er den Gig vom Pferd und schob ihn bis zum Baum dicht an die Stelle hin, wo er den Hebel ansetzen wollte. „Gott hilf mir", sagte er nur und wuchtete den Stamm so hoch, dass er den

Hebel in leicht gebückter Haltung auf der Schulter zu liegen bekam. In dieser unbequemen Stellung gelang es ihm trotzdem, das kleine Gefährt mit Hilfe eines Knies und Körperverrenkungen so zu positionieren, dass er den Hebel darauf ablegen konnte. Dabei ging der Gig ziemlich in die Knie. Aber der Korbinian war jetzt frei und leise stöhnend erwachte er aus seiner Bewusstlosigkeit. Als er den Simmerl sah, glitt ein schmerzverzerrtes Lächeln über sein Gesicht, denn er wusste, jetzt war seine Rettung gewiss. „Mein Bein, mein Bein, sonst glaub ich, fehlt mir nichts", stöhnte er auf.

Hoffentlich fehlt nicht dem Becken auch etwas, dachte der Simmerl besorgt und machte sich daran, mit Hilfe von Ästen, dem Seil und der Decke das Bein vorsichtig zu schienen und in eine ruhige Lage zu bringen. Dann verteilte er das mitgebrachte Stroh auf dem Gig und legte seinen Freund darauf. Um unnötige Erschütterungen zu vermeiden, benutzte er nicht das Pferd, sondern zog den Gig selber mit größter Vorsicht durch den Wald und über den Feldweg auf den Hof zu. Das Pferd band er hinten am Gig fest.

Da sie daheim auf dem Hof auf der Suche nach dem Simmerl waren, befanden sich die Magdalena und ihre beiden Kinder gerade vor dem Haus, als sie das seltsame Gespann auf sich zukommen sahen. Nach kurzer Verwunderung darüber schrie Magdalena auf und stürzte, gefolgt von ihren Kindern, dem Simmerl entgegen. „Simon, Simon!", schrie sie, „um Himmels Willen, was ist denn passiert?" Er aber winkte ab und rief ihr zu: „Beruhige dich, Magdalena, es ist nicht schlimm!"

Gemeinsam und mit äußerster Vorsicht trugen sie den Bauern ins Haus und legten ihn auf sein Bett. „Es wird alles gut werden, Magdalena, ich fahre in die Stadt und hole den Arzt."

Während Korbinian seiner Magdalena und den Kindern erzählte, was geschehen war, spannte der Simmerl das Pferd vor die kleine Kutsche und fuhr in größter Eile in die nahe Bezirksstadt. Dem Arzt erzählte er möglichst genau von dem Unfall seines Freundes und wie er ihn notdürftig versorgte, und so beschloss der Arzt, zusammen mit dem Notfallwagen des Krankenhauses zum Sonnleitnerhof hinaus zu fahren.
Bis auch der Simmerl wieder zurück war, stand schon das Krankenfahrzeug auf dem Hof. Der Arzt stellte fest, dass neben dem gebrochenen Bein womöglich auch das Becken des Patienten etwas mitbekommen hat, was einen längeren Aufenthalt im Krankenhaus zur Folge haben könnte.
Das Becken hatte zwar auch etwas abbekommen, aber vierzehn Tage später war der Bauer wieder daheim, wo er noch eine Zeitlang auf Krücken gehen musste.
So richtig gesund ist das Bein nicht mehr geworden. Bis zu seinem Lebensende hinkte er leicht, was ihm bei schweren Arbeiten schon etwas zu schaffen machte. Daneben ist er auch noch recht wetterfühlig geworden.
Der Simon aber, der längst schon zu einem festen Familienmitglied geworden war, nahm seinem Freund alle schwere Arbeit ab und werkelte oft wie besessen. Und anstelle von Geschichten zu erzählen, lernte der Simmerl dem heranwachsenden Stephan alle Arbeit, damit auch aus ihm einmal ein guter Bauer werden sollte.

So zogen die Jahre unbeschwert ins Land. Der Bauer hinkte kaum noch merklich. Jeder auf dem schönen Hof ging mit Freude seiner Arbeit nach und der Simmerl arbeitete gar oft für zwei, denn in der Bauernarbeit hat er die Erfüllung seines

Lebens gefunden, und nichts in der Welt hätte ihm besser gefallen können. Der große Fischteich, eigentlich eher ein richtiger kleiner See, hatte es dem Stephan besonders angetan. So oft es ihm möglich war, beschäftigte er sich mit den Fischen und deren Aufzucht, wofür er im Uferbereich nach und nach voneinander abgegrenzte Becken anlegte. Mit der Rute hat er nie geangelt, denn das hätte ihm zu viel von der kostbaren Zeit weggenommen. Stattdessen legte er Reusen aus oder fischte mit seinem selbst geknüpften Netz vom Kahn aus. Sehr viel Geschick und große Leidenschaft bewies Stephan damit, der inzwischen neunzehn Jahre alt geworden war.

Seine Schwester mit ihren siebzehn Jahren half ihrer Mutter im Haushalt, kümmerte sich um das Federvieh und machte auch die Stallarbeit. Sie ersparte ihrem Vater eine Magd, und so wurde neben dem Simmerl immer nur ein einziger Knecht benötigt.

Es war Herbst geworden, und als sie alle an einem Sonntag in der guten Stube gemütlich beisammensaßen und der gute Simmerl wieder einmal Geschichten erzählte, da klagte der Bauer plötzlich über sein wetterfühliges Bein und sagte: „Ich glaube, wir bekommen einen gewaltigen Wetterumschwung, schon gestern spürte ich das. So schlimm war das noch nie mit meinem Bein seit dem Unfall."

Nicht lange nach diesen Worten verschwand die Sonne hinter dunklen und schweren Wolken und starker Wind kam auf.

Noch sah das alles harmlos aus und Stephan sagte: „Ich hole vorsichtshalber meine Reusen aus dem Wasser."

Dann machte er sich auf den Weg zum See hinunter und seine Mutter rief ihm nach: „Wenn es schlimmer wird, dann lass alles liegen und kehre um Gotteswillen schnell wieder um!"

„Keine Sorge", rief Stephan zurück und verschwand schnell. Und es wurde schlimmer – und Stephan kehrte nicht um. Plötzlich fegte ein Sturm los, wie sie einen solchen am Hof noch nicht erlebt hatten. Dann blitzte und donnerte es gleichzeitig. Das Gewitter stand genau über dem Hof. Es krachte unaufhörlich und stürmte, als hätte sich die Hölle aufgetan. Und immer noch kam kein Stephan zur Tür herein.

Schneller als sie alle schauen konnten, schleuderte der Simon seine Schuhe von sich, zog seine Hose aus und rannte barfuß und nur mit langer Unterhose und Hemd bekleidet hinaus zur Tür, indem er noch sagte: „Ihr bleibt alle hier, ich hole ihn!"

Die Bäuerin aber schrie ihm nach: „Simmerl, bleib da, Stephan hat bestimmt einen Unterschlupf gefunden!"

Aber der Korbinian schreit gequält auf: „Nein, dort unten gibt es keinen Unterschlupf", und stürmte ebenfalls schnell zur Tür hinaus, um dem Simmerl, so schnell es sein Bein hergab, nachzufolgen. Beinahe hätte ihn eine Sturmbö umgeworfen und der Regen peitschte ihm ins Gesicht, so dass er den Simon nicht mehr erkennen konnte. Und es blitzte und krachte fortwährend. Am Seeufer angekommen, sah er durch den dichten Regenvorhang, wie der Simmerl auf das mitten im See befindliche Boot zuschwamm. Während der Simmerl ungeachtet der Blitze gegen die hohen Wellen, den Sturm und den Regen ankämpfte, entdeckte er den Kahn, der mit dem Kiel nach oben auf dem Wasser trieb. Schon dicht herangekommen, sah er den Kopf von Stephan und eine Hand von ihm, mit der er sich krampfhaft am Boot festzuhalten suchte und die plötzlich kraftlos abrutschte. Damit verschwand Stephan vollends von der Wasseroberfläche. Nur für einen kurzen Moment noch war seine Hand zu sehen.

Noch einige kräftige Ruderschläge, dann tauchte der Simmerl an dieser Stelle, bekam den sinkenden Stephan an einem Arm zu fassen und zog ihn nach oben. Stephan war regungslos und so drehte sich der Simmerl auf den Rücken, zog und drehte den Stephan mit dem Gesicht nach oben zu sich bis zur Brust hoch und versuchte, auf diese Weise mit seiner reglosen Last ans Ufer zurückzukehren. Plötzlich begann Stephan prustend und hustend nach Luft zu schnappen und der Simon kämpfte verbissen, den Kopf von Stephan so weit wie nur irgend möglich, über Wasser zu halten.

Obwohl er einst während seines Schwimmunterrichts nicht gelernt hatte, wie man eine ertrinkende Person sicher an das rettende Ufer schaffen konnte, gelang ihm das Unmögliche.

Ein paar Meter vor dem Ufer drohte den Simon die Kraft zu verlassen. Aber der Korbinian, der nicht schwimmen konnte, arbeitete sich mühsam bis zur Brust stehend zu ihnen vor und zog und zerrte mit all seiner Kraft an den beiden, bis endlich das rettende Ufer erreicht war.

Der Simon brachte den Stephan noch in die Seitenlage, ehe er völlig erschöpft neben ihm zusammenbrach. Der Korbinian, der nichts wusste von einer Wiederbelebung, beugte sich weinend über seinen Sohn und rüttelte und schüttelte an ihm, weil er meinte, auf diese Weise die Lebensgeister erwecken zu können. Unterdessen rappelte sich der Simon wieder hoch und stellte erleichtert fest, dass Stephan wohl kaum Wasser geschluckt haben musste. Da aber auch der Simon nicht so recht wusste, welche Maßnahmen für einen fast Ertrunkenen zu ergreifen sind, lud er den Stephan auf seine starken Arme und trug ihn an der Seite seines Vaters zurück zum Haus.

Mittlerweile hatte der Sturm nachgelassen und das Gewitter entfernte sich zunehmend.

Daheim wurde Stephan mit trockener Bekleidung versehen und zum Aufwärmen und Ausruhen in sein Bett gebracht. Auch der Simmerl zog sich trockene Sachen an. Dass auch er sich hinlegen sollte, damit er nicht krank würde, lehnte er ab. Die Magdalena umarmte ihn weinend und als auch Korbinian seinen Freund umarmte und ihm mit tränenerstickter Stimme sagte: „Einst hast mich ... und jetzt meinen einzigen Buben ...", versagte ihm die Stimme vollends. Doch der Simmerl lenkte ab und sagte: „Nicht ich, sondern der Herr dort droben ... ich war nur sein Werkzeug."

Der Stephan erholte sich schnell und ging schon am nächsten Tag zusammen mit dem Simmerl zum See hinunter, um den schweren Kahn zu bergen, der immer noch mit dem Kiel nach oben im Wasser lag. Der Simmerl schwamm hinaus, befestigte am Boot ein langes Seil, womit es die beiden leicht an Land ziehen konnten.

Dann lehrte der Simmerl dem Stephan auf seinen Wunsch hin das Schwimmen, und weil er voll der Freude war und sich gut anstellte, lernte er das in kürzester Zeit, und zwar sehr gründlich. Damit war der Stephan neben dem Simmerl der einzige Mensch von Hügelheim, der überhaupt richtig schwimmen konnte. Davon erfuhren die Bewohner aber erst, nachdem der Stephan längst schon selbst ein alter Bauer geworden war.

Der Simon und der Korbinian waren mittlerweile 67 Jahre alt, als der Stephan ein nettes Mädchen aus einem Nachbardorf kennen lernte, das er bereits ein Jahr später heiratete. Ihnen wurden drei Buben und ein Mädchen geboren.

Den Erstgeborenen, den sie Florian tauften, hat der Simmerl ganz besonders in sein Herz geschlossen, weil er immer mehr geradeso aussah, wie der Korbinian in jener Zeit, als er ihn kennen lernte und sich mit ihm anfreundete.

„Ganz der Opa", sagte der Simmerl oft und er erzählte ihm und seinen Geschwistern jene Geschichten, die er bereits dem Stephan und der Elisabeth vortrug, als sie noch Kinder waren. Obwohl er immer noch viel und hart arbeitete, fand er doch immer irgendwie Zeit für die Kinder.

Elisabeth, die Schwester von Stephan, heiratete in einen kleinen Hof im gleichen Dorf ein und nahm ein Stück vom Glück mit, das sie durch den Simmerl erfahren durfte. Die beiden Bauernfamilien kamen dann auch öfter zusammen zu einem netten „Hoagascht", einem Treffen, wo man musizierte und sich Geschichten über alte Zeiten erzählte. Der Altbauer des kleinen Hofes, der schon etwas älter war als der Simmerl, kannte ihn schon seit der Zeit, als der Simmerl mit neun Jahren auf dem Sonnleitnerhof als Hütebub anfing. Die beiden wussten also besonders viel zu erzählen.

Der Korbinian hatte schon gleich nach der Geburt von Florian seinen Hof an Stephan übertragen, ruhte sich aber nicht auf seinem Altenteil aus, sondern unterstützte seinen Sohn, so gut er noch konnte, obwohl er nicht mehr der Gesündeste war. Vor allem beschäftigte er sich als Opa mit seinen Enkeln und nahm in dieser Hinsicht dem jungen Paar vieles ab. So konnte man leicht auf eine Kindsmagd verzichten.
Und die Altbäuerin, die Magdalena, führte das Hauswesen immer noch in aller Frische. Ihr fehlte es nicht an Gesundheit. Und so konnte sich auch die neue junge Bäuerin ausreichend mit ihrer kleinen Kinderschar beschäftigen. Zudem war sogar schon ein weiterer Nachwuchs unterwegs. Der Stephan ist ein herausragend guter Bauer geworden und alles, was er konnte, hat ihm der Simmerl beigebracht. Und immer noch trachtete der Stephan dem Simmerl nach, der mit Elan und einer Frische arbeitete, als sei er inzwischen nicht zweiundsiebzig, sondern erst vierzig Jahre alt. Und als der Florian kurz vor der Einschulung stand, lehrte er auf die Bitte von Stephan auch ihn das Schwimmen. Auch seine Geschwister erhielten vom Simmerl mit Unterstützung von Stephan im Laufe der Zeit Schwimmunterricht. Markus, der zweitälteste von Stephans Kindern, der kein Bauer werden wollte, wurde später sogar ein bekannter Spitzensportler im deutschen Schwimmver-

band und konnte dank seines Bruders Florian, dem späteren Bauern, ein Sportstudium absolvieren. Letztendlich war das alles dem Simmerl zu verdanken; vielleicht, weil er ihm früh schon das Schwimmen beigebracht hatte, sicher aber auch wegen seines außergewöhnlichen Einflusses auf das Geschlecht der Sonnleitners über Generationen hinweg, und weil er unbewusst einen vorbildlichen Zusammenhalt innerhalb der Familie förderte.

Als der Altbauer Korbinian Sonnleitner im Alter von 79 Jahren starb, herrschte eine sehr große Trauer in der Familie. Und als sie sahen, wie sehr der Simmerl seelisch darunter litt, da sie doch alle wussten, dass die beiden von Kindheit an schon unzertrennliche Freunde waren, zerriss es ihnen fast das Herz. Sie hatten große Angst davor, dass ihr Simmerl ihm jetzt nachfolgen würde, weil er sich tagelang in seine Kammer verzog und nichts mehr aß und trank.

Stundenlang betete er täglich für seinen Freund, auf dass es ihm gut ergehen möge im jenseitigen Leben. „Bald, Korbi, bald werde ich dir nachfolgen", dachte er bei sich, „und bewahre mir einen Platz an deiner Seite, damit wir von dort droben weiterhin gemeinsam für die Unsrigen da sein und über sie wachen können."

Der einzigen, der er Zugang zu seiner Kammer gewährte, war die Magdalena, und nur auf ihr Zureden hin kehrte er in den Alltag zurück. Er schien wieder ganz der Alte zu sein, denn jede Arbeit, auch die schwerste, erledigte er wie früher und so gut wie kein anderer. Nur eines änderte sich jetzt bei ihm. Jeden Tag verbrachte er eine halbe Stunde lang bei seinem Korbinian am Grab, pflegte es und sorgte stets für frischen Blumenschmuck.

Auch den Kindern von Stephan erzählte der alte Simmerl wieder, wie schon der Generation vor ihnen, von jenen Geschichten, an die er sich aus seiner Zeit im Waisenhaus noch immer gut erinnern konnte. Und als dem Simmerl auffiel, dass Lukas, der jüngste der Buben, eine ebensolche Freude an der Fischerei zu entwickeln begann wie einst sein Vater, da unterstützte er ihn nach Kräften und half ihm, dass alles gut in Schuss blieb. Denn der Stephan hatte, da er sich als Bauer zu sehr um den Hof kümmern musste, einfach nicht mehr die notwendige Zeit für seine einst ausgeübte Leidenschaft.

Dem heranwachsenden Florian, der dem Simmerl besonders ans Herz gewachsen war, brachte er alles bei, was ein guter Bauer wissen muss, und das geradeso gewissenhaft, wie er das einst bei seinem Vater, dem Stephan auch getan hatte.

Groß, hager und leicht gebückt, wie er das eigentlich immer schon war, ging der Simmerl seiner schweren Arbeit auf dem Hof nach, und alles was er tat, das tat er aus voller geistiger Kraft und aus seinem hellen Verstand heraus und hatte den Blick dabei stets auf das Wesentliche gerichtet.

Und immer noch ging der Simmerl mit seinen neunzig Jahren auf dem Buckel hinaus in die Felder, mähte mit der Sense und brachte die Heuernte unter Dach und Fach und im Spätherbst konnte man ihn sogar noch bei der schweren Waldarbeit sehen. Aber langsam spürte auch er den Herbst des Lebens in seinen Gliedern. Immer mehr musste er sich von den Außenarbeiten zurückziehen, und so werkelte er halt im Stadel, in Scheune und Schuppen, wo er sich um den Zustand von Werkzeug und Gerät kümmerte. Auch mit der Fütterung des Viehs und dem Ausmisten in den Ställen konnte er sich immer noch nützlich machen.

Als er schließlich siebenundneunzig Jahre alt geworden war, ging es gar nicht mehr und er wurde bettlägerig. Längst schon hatte man ihm die allerschönste Kammer zugewiesen, und auf den weichen Kissen sah er nun seinem Tod entgegen.

Die Altbäuerin Magdalena, die auch schon knapp über die neunzig Lenze zählte, kümmerte sich jetzt den ganzen Tag über liebevoll um ihn, und auch der inzwischen neunzehnjährige Florian, der seinem Großvater, also dem Freund vom Simmerl, wie aus dem Gesicht geschnitten war, setzte sich jeden Tag auf seinen Bettrand und las ihm aus der Bibel vor.

Das war das Schönste für den Simmerl, der jedes der Worte Florians gierig und in geistiger Frische in sich aufnahm.

Wieder war Herbst geworden und Stürme richteten zum Teil große Schäden in den Wäldern an.

Während der Stephan in die Stadt gefahren war, um den Doktor für den Simmerl zu holen, ging der Florian hinaus in den Wald, um die angerichteten Schäden zu begutachten. Es sah furchtbar aus. Er musste über umgestürzte Bäume klettern, um überhaupt einigermaßen durchzukommen. Als er unter einem halb umgestürzten Baum hindurch kroch, gab dieser urplötzlich nach und begrub ihn so unglücklich unter sich, dass sein Brustkorb eingeklemmt und hart gegen den Boden gedrückt wurde. Er bekam fast keine Luft mehr und presste mühevoll und nach Luft schnappend seine Hilfeschreie hinaus. Aber wie sollte ihn jemand hören können so weit draußen im Wald?

Bilder tauchten in ihm auf und vor allem die Geschichte, wie der Simmerl seinen Großvater aus einer ähnlichen Situation das Leben rettete. Aber ihn konnte der Simmerl nicht retten. Es ist aus, dachte der Florian. Seine Sinne drohten ihn zu verlassen. Irre Bilder tauchten in ihm auf, aber plötzlich vernahm er ganz deutlich die Stimme von Simmerl: „Halt aus, Florian, halt aus, ich komme!“

Zur gleichen Zeit nahm der Simmerl die Glocke in die Hand, die man ihm für alle Fälle an das Bett gestellt hatte, und damit läutete er wie verrückt. Sofort eilte die alte Magdalena in sein Zimmer. Mit gequälter Stimme sagte er zu ihr: „Schnell, liebe Magdalena, schnell, trommle alle Leute am Hof zusammen und schicke jemand ins Dorf, um auch von dort Leute zusammenzuholen! Der Florian – im Wald – er liegt unter einem Baum eingeklemmt – ich sehe in deutlich vor mir!“

So schnell sie konnten, rannten sie mit Sägen und Seilen versehen hinaus in den Wald. Viele Dorfbewohner folgten ihnen, die von der kleinen Annamirl, der Schwester von Florian, alarmiert waren. Schnell fanden sie den Florian bewusstlos unter einem Baum liegend. Mit gemeinsamen Kräften konnten sie ihn von der schweren Last befreien und schon nach kurzer Zeit wachte der Florian aus seiner Bewusstlosigkeit auf. Irgendein anderer Schaden war ihm nicht entstanden und so machten sie sich alle freudig und dankbar auf den Heimweg. Der Florian eilte ihnen voraus, denn er wollte so schnell wie möglich den Simmerl in seiner Kammer aufsuchen.

Unterdessen saß die Magdalena am Bett von Simmerl, nahm seine Hände in die ihrigen und flehte um den Florian. Doch der Simmerl sagte ihr mit voller Überzeugung: „Der Florian ist gerettet, er ist gesund und wird gleich hier sein!“

Dann lächelte er und flüsterte: „Meine Zeit ist abgelaufen, leb wohl, meine liebe Magdalena.“

Ein paar ruhige Atemzüge noch und dann schloss der brave Simmerl für immer seine Augen. Aber das Lächeln ist nicht gewichen von seinem Gesicht. Ein treues Herz hat aufgehört zu schlagen.

Weinend saß die alte Magdalena vor dem Simmerl und hielt immer noch seine Hände, die sie ihm jetzt zusammenfaltete, als der Florian zur Tür hereinkam. Noch ganz außer Atem und zutiefst erschrocken sah er, dass der Simmerl entschlafen war. Ein tief quälender Schmerz engte sein Herz ein. Er beugte sich über ihn, küsste ihn auf die Stirn und seine bitteren Tränen tropften dem Simmerl auf das lächelnde Gesicht. Stumm verharrte er vor seinem Retter, vor seinem geliebten Simmerl, ehe er laut schluchzend aufstöhnte: „Ich hab seine Stimme vernommen.“

„Ich weiß Florian“, sagte seine Großmutter und tröstete ihn: „Unser Simmerl wird jetzt im Himmel seinen Platz bei deinem Großvater, seinem Freund, einnehmen.“

Als die anderen Helfer nachgekommen waren und vor das Sterbebett traten, zog sich der Florian in seine Kammer zurück, wo er in tiefste Trauer versank. Und genau wie einst der Simmerl, als der Korbinian starb, so verließ auch der Florian für einige Zeit sein Zimmer nicht mehr.

Drei Tage lang, so wie es der Brauch war, bahrte man den Simmerl im Haus auf und niemand vom Dorf wollte es sich nehmen lassen, sich von ihm zu verabschieden. Nicht einmal dem größten Bauern hatte man je eine solche Ehre zuteilwerden lassen, wie dem Simmerl vom Sonnleitnerhof.

Den Sonnleitnerhof gibt es längst nicht mehr. Aber auf dem verwitterten Grabstein auf dem Friedhof von Hügelheim kann man noch immer lesen:

Hier ruht in Frieden
Simon
genannt Simmerl
1834 – 25. November 1931
Der Schutzengel
vom Sonnleitnerhof

Und noch heute, fast neunzig Jahre nach seinem Tod, liegen immer frische Blumen auf seinem Grab. Wer mag sie dort wohl hinlegen?
Es gibt keinen Florian mehr und auch sonst niemanden, der den Simmerl noch zu Lebzeiten gekannt hätte. Und doch lebt er in irgendeinem Herzen immer noch fort.

Nachweis der Abbildungen

Farbfotos
Coverbild: iStock
Seite 38:   iStock
Seite 132: iStock

Alle übrigen Abbildungen stammen vom Verfasser.

Der Autor ist 1937 in Ingolstadt geboren.

Von ihm ist erschienen:

Wolfgang Göltl

Verse fürs Leben trefflich gereimt
100 Gedichte über Lebenssinn, Natur und Mensch

Erschienen im Verlag
BoD – Books on Demand, Norderstedt
ISBN: 9783752670448

Eine Bitte an die werten Leserinnen und Leser

Da ich nicht vernetzt bin, weder über Internetforen wie Facebook, YouTube oder gar mit einer eigenen Homepage aufwarten kann, bleibt mir nur die Möglichkeit, Sie herzlich zu bitten, mir beim Anbieter (Amazon, Weltbild, Hugendubel, Thalia etc.) eine Kundenrezension zukommen zu lassen. Wie auch immer eine Bewertung ausfallen mag, so bin ich allen, die mir auf diesem Wege entgegenkommen, sehr dankbar.